Einspänner und
Fiaker-Gulasch

Juergen von Rehberg

Einspänner und Fiaker-Gulasch

Bibliografische Information der Deutschen Nationalbibliothek:
Die Deutsche Nationalbibliothek verzeichnet diese
Publikation in der Deutschen Nationalbibliografie;
detaillierte bibliografische Daten sind im Internet
über http://dnb.dnb.de abrufbar.

Herstellung und Verlag: BoD – Books on Demand,
Norderstedt

ISBN: 978-3-**7528-3031-6**

„Wie immer!"

Hinter diesen zwei kargen Worten verbarg sich die Bestellung eines Gastes, wie er im Café Berger ganz sicher nur ein einziges Mal vorkam.

Der Mann hieß Leopold „Poldi" Pospischill, war neunundvierzig Jahre alt, von der Erscheinung her eher unscheinbar und mit Leib und Seele Österreicher.

Seit heiligen Zeiten bemühte er sich, so zumindest daher zu kommen, denn von Geburt an war er ein Deutscher, und die Klangfarbe seiner Stimme ähnelte mehr einem dunkel gehaltenen Schwarz, denn einem Schönbrunner Deutsch, wie es einst unser Kaiser – Gott hab ihn selig – parliert hat.

Besagter Herr hieß natürlich nicht Pospischill, sondern Eduard Müller und erblickte in einer kleinen Stadt, nahe Gelsenkirchen, das Licht der Welt.

Und just in diesem Augenblick saß er an dem kleinen Tisch vor dem Fenster, durch das er auf die Obere Landstraße hinaussah, weil er in großer Ungeduld auf einen Freund wartete.

„Kommt sofort, Herr Leopold!"

Mit diesen Worten bestätigte Herr Markus, Kellner im Café Berger, die Bestellung des Gastes, der vor geraumer Zeit darauf bestanden hatte, mit „Herr Leopold" angesprochen zu werden.

Das Servierfräulein gab den Wunsch des Gastes in die Küche weiter. Das dort tätige Personal hatte sich schon vor langer Zeit das Erstaunen ob dieser Bestellung abgewöhnt, obwohl der Herr Leopold der einzige Gast war, der diesen außergewöhnlichen Speisewunsch äußerte.

Das eher in der Hauptstadt gängige Gericht stand nicht auf der Karte des Cafés, und Wien war weit weg.

Als Herr Markus beim ersten Mal den Wunsch des Gastes an seinen Chef herantrug, lehnte dieser zunächst ab, änderte aber dann seine Meinung, als er erfuhr, dass der „Herr Leopold" ein regelmäßiger und zudem ein sehr guter Gast war, der auch in Belangen Trinkgeld ein weit geöffnetes Börserl hatte.

„Vertrösten Sie den Gast auf das nächste Mal. Wir werden die Zutaten besorgen und das gewünschte Gulasch in einer größeren Menge zubereiten, um es dann in Portionen einzufrieren."

Damit war das Problem gelöst, und als Herr Markus dem Gast die frohe Kunde überbrachte, huschte diesem ein zufriedenes Lächeln über das Gesicht.

Ursprünglich stammt das „Gulasch" aus Ungarn. In die Wiener Küche fand es durch die Verlegung ungarischer Truppenregimenter nach Österreich seinen Einzug. Das Fiakergulasch ist eine spezielle Wiener Variante des feurig-würzigen Puszta-Gerichts.

Fiakergulasch

- 1 kg Wadschinken (vom Rind)
- Eier (4-6 Stück)
- 5 Essiggurkerln
- 2 Paar Sacherwürstel
- 750 g Zwiebeln
- 150 g Schmalz (oder Öl)
- 2 EL Paprikapulver (edelsüß)
- 1 TL Rosenpaprikapulver, 3 Knoblauchzehen
- 1 EL Tomatenpüree, 1 EL Majoran
- 2 Lorbeerblätter
- 1 TL Kümmel (gehackt), etwas Essig
- Salz
- Pfeffer (aus der Mühle), Butter (für die Spiegeleier)

Zubereitung:

Topf erhitzen und die Zwiebeln darin bei mäßiger Hitze und kräftigem Rühren goldgelb rösten. Paprikapulver sowie Tomatenpüree einmengen, kurz durchrühren und sofort mit etwas Essig und wenig Wasser ablöschen. Fleischwürfel mit Salz und Pfeffer abmischen und zugeben. Gepressten Knoblauch, Majoran, Lorbeerblätter sowie Kümmel einrühren und so viel Wasser zugießen, dass das Fleisch gerade bedeckt ist. Durchrühren und (nicht völlig zugedeckt) ca. 2 1/2 Stunden bei mittlerer Hitze weich dünsten.
Währenddessen wiederholt umrühren und immer wieder etwas Wasser zugießen. Sobald das Fleisch gar ist, aber noch etwas Biss hat, Topf vom Feuer nehmen

und an einem warmen Ort (mäßig erhitztes Backrohr) noch ca. 1 Stunde ziehen lassen.

Die Sacherwürstel in heißem Wasser erhitzen und ca. 10 Minuten knapp unter dem Siedepunkt ziehen lassen. In einer Spiegeleierpfanne Butter schmelzen lassen, Eier vorsichtig einschlagen und zu Spiegeleiern braten. Die Gurkerln fächerartig einschneiden.

Gulasch nochmals kräftig erhitzen, eventuell nochmals etwas Wasser zugießen, abschmecken und kräftig durchrühren. Auf vorgewärmten Tellern anrichten, jeweils ein Spiegelei darauf platzieren und je ein Würstel daneben legen. Mit einem Gurkerlfächer garnieren.

*****

Während in der Küche eine ordentliche Portion Fiakergulasch in der Mikrowelle von dem Aggregatzustand „fest" in „flüssig" umgewandelt wurde, befasste sich Herr Markus mit der Zubereitung eines „Einspänners".

Der Einspänner ist eine Wiener Kaffeespezialität und als solche Bestandteil der Wiener Kaffeehauskultur.

Seinen Namen hat das Getränk von den einspännigen Pferdefuhrwerken. Deren Kutscher hielten den Kaffee in der einen Hand, die Zügel in der anderen. Durch die dicke Schlagobershaube blieb der Kaffee lange heiß und konnte dann während einer Pause getrunken werden.

In einem Glas mit oder ohne Henkel wird ein kleiner Mokka (auch genannt Schwarzer oder Espresso) mit einer üppigen Schlagobershaube bekrönt. Dazu wird Staubzucker serviert. Der „doppelte Einspänner" wird mit einem großen Mokka zubereitet. Im Allgemeinen wird der Einspänner nicht umgerührt, der heiße Kaffee wird traditionell durch das kalte Schlagobers getrunken.

*****

Herr Leopold war gerade damit beschäftigt, mit einem Teil seines Semmerls den Boden seines Tellers für die Spülmaschine vorzureinigen, als die Tür aufging und ein Herr eintrat, der sich zielstrebig zum Tisch des Herrn Leopold hinbewegte.

„Servus Edi!"

Der Angesprochene blickte den Ankömmling böse an und zischte:

„Himmel Sakrament! Bist du teppert? Du sollst mich nicht so nennen. Wie oft soll ich dir das noch sagen."

Bei dem Neuankömmling handelte es sich um Franz Leitmoser, den Freund, Kumpan, Haberer oder wie immer man ihn bezeichnen will, von Leopold.

„Komm wieder runter, Poldi", erwiderte Franz in einem, dem Hochdeutschen sehr nahen Sprachduktus, und das, obwohl er auf dem Land, nämlich im tiefen Waldviertel, geboren und aufgewachsen war.

„*Isst du schon wieder dein Leibgericht?*", fuhr Franz fort, „*hängt es dir nicht schon allmählich zum Hals heraus?*"

„*Ich liebe dieses österreichische Nationalgericht*", antwortete Leopold, „*ich werde es immer lieben.*"

„*Du hast doch überhaupt keine Ahnung, du Möchtegern Österreicher*", sagte Franz, „*Schnitzel und Kaiserschmarrn, das sind Nationalgerichte; aber kein Fiakergulasch.*"

Leopold war sichtlich gekränkt. Er blickte den Freund einfach nur an.

Er verstand nicht, warum Franz ihm immer wieder vorhielt, dass er niemals ein Österreicher sein würde, auch wenn er noch so viel Fiakergulasch in sich hineinstopfen würde und ein Vollbad in Unmengen von Einspännern nähme.

„*Wir machen noch das letzte Ding zusammen*", presste er leise hervor, „*aber danach sind wir geschiedene Leute.*"

Leopold schlürfte den Rest seines Einspänners und drehte sich danach demonstrativ zum Fenster.

„*Aber geh, Poldi*", startete Franz einen Wiedergutmachungsversuch, „*ich hab's doch nicht so g'meint. Schau, ich red' halt manchmal an Blödsinn. Kennst mich doch, alter Freund.*"

Franz hatte sich vorübergehend von seinem sonst üblichen Sprachduktus verabschiedet, um mit warmen Worten seinen Freund wieder in die Spur zu bringen.

Leopold wandte sich mit argwöhnischem Blick Franz zu.

„Meinst du das auch wirklich ehrlich?"

„Beim Augenlicht meiner Großmutter", antwortete Franz, und Leopold glaubte ihm.

Hätte er gewusst, dass die Großmutter schon vor einigen Jahren das Zeitliche gesegnet hatte, wer weiß…

Aber das war ja auch egal. Leopold glaubte dem Freund, wohl auch, weil er es glauben wollte.

„Hat es Ihnen geschmeckt, Herr Leopold?"

Es war Christian, der Besitzer des Cafés, der an den Tisch herangetreten war, um den speziellen Gast zu begrüßen.

„Ganz ausgezeichnet, Christian", erwiderte Leopold, *„es gibt auf der ganzen Welt kein besseres Fiakergulasch als was wo bei Ihnen."*

Christian lächelte. Er mochte dieses außergewöhnliche Exemplar eines Gastes, dem er zu keiner Zeit das DU angeboten hatte, und dem er es mit einem inneren Augenzwinkern zugestand.

„Das ist sehr freundlich von Ihnen, Herr Leopold. Ich werde das Kompliment gern an die Küche weiterreichen."

Christian wünschte noch einen guten Tag und entfernte sich wieder.

Franz konnte sein Erstaunen kaum verbergen.

„Der behandelt dich wie einen VIP. Das ist doch der Chef, oder?"

„Ja sicher, Franzi", antwortete Leopold, *„wir haben halt die gleiche Chemie. Im Gegensatz zu dir erkennt er meine österreichische Seele."*

Durch Franz ging ein heftiger Ruck. Es drängte ihn förmlich, laut hinauszuschreien, dass sein Freund ein Piefke sei und niemals ein Österreicher. Weder außen noch innen.

Aber er beherrschte sich. Er machte einen festen Knoten in seine Zunge und klopfte Leopold auf die Schulter als Zeichen absoluter Zustimmung.

*****

Die „Anastasia" lag in Stein vor Anker. Sie war ein russisches Kreuzfahrtschiff für den kleinen Geldbeutel und schipperte unter panamaischer Flagge die Donau flussauf und flussab.

Franz Leitmoser hatte sich als Steward verdingt und war mit Gruschenka, der Schwester vom Chefmaschinisten Juri verlobt.

Juri und er verstanden sich auf Anhieb. Sie verbrachten viel Zeit miteinander. Und ein wenig hatte Franz auch schon Russisch gelernt.

Leopold, damals noch als Eduard Müller unterwegs, hatte sich auf dem Schiff mit Franz angefreundet.

Bei einem Landgang, es war in Budapest, einer der vielen Stationen der Flusskreuzfahrt, waren sich Passagier und Steward nähergekommen.

Nach einigen Gläsern erzählte Franz von diversen Passagieren, die ihren Reichtum auf schier unerträgliche Weise zur Schau stellten.

Es handle sich vornehmlich um Russen, deren fette Weiber sich mit Schmuck behängten wie die Weihnachtsbäume und deren Gebisse Gold bemäntelt wären.

Und die Männer protzten mit Diamantringen am kleinen Finger und Rolex Uhren am Handgelenk.

Eduard sog jedes Wort seines neuen Freundes in sich auf, wie der Schwamm das Wasser. Und von

Stund an betrachtete Eduard seine Mitpassagiere mit völlig anderen Augen als noch zuvor.

Er fand die Ausführungen von Franz, dem Steward, mehr als bestätigt.

Was Franz nicht wissen konnte, war, das Eduard Müller ein „Knastbruder im Ruhestand" war. Er hatte große Teile seines Lebens in staatlichen Einrichtungen verbracht.

Sein damaliges Tätigkeitsfeld erstreckte sich auf Einbrüche und Diebstahl, und seine Karriere verlief immer nur in eine Richtung: bergab.

Irgendwann hatte er dann beschlossen, den Pfad des Unrechts zu verlassen. Hinzu kam, dass seine Mutter verstarb und ihm ein kleines Häuschen hinterließ.

Dieses machte er zu Geld und gab fortan den Bonvivant.

Er verdingte sich als Heiratsschwindler und leierte betuchten Damen das Geld aus den Rippen.

Dass dies nicht gerade gesetzeskonform war, vermochte Eduard nicht zu erkennen, gaben ihm die Damen ihr Geld stets freiwillig. Manche haben es ihm sogar förmlich aufgedrängt.

So fuhr er auf den Flüssen Europas auf und ab und nahm sich der vielen, älteren, alleinstehenden Damen an, die seine Gesellschaft durchaus zu schätzen wussten.

Eduard war zwar kein Adonis, aber die Frauen mochten ihn dennoch. Er hatte „das Tierische", und das war sein Kapital.

Aber wie das nun einmal ist, geht manchmal das Geld zu Ende, zumal, wenn kein frisches hinzukommt.

Eduard hatte diese Entwicklung völlig aus dem Blick verloren, und eine tiefe Traurigkeit befiel ihn, als er die unschöne Situation gewahr wurde.

So beschloss er, noch einmal die Donau zu befahren, bevor er Anstrengungen machen wollte, eine Arbeit zu finden.

Er besaß in Mautern eine Einzimmerwohnung, deren Mietzins für ihn erschwinglich war, indem er seiner Vermieterin kleine Gefälligkeiten erwies, die gelegentlich auch schon einmal weit über die Grenze des Normalen hinausgingen.

Als er aber mit Franz, dem Steward in Berührung kam, tauchten plötzlich Bilder der Erinnerung auf, wie eine Fata Morgana, die ihm ungeahnte Möglichkeiten vorgaugelten.

„Noch einmal den ganz großen Coup landen; und dann ab auf die Seychellen. Das wär`s doch..."

So flüsterte eine Stimme in seinem Kopf. Und so sollte es auch geschehen.

*****

Das Leben von Eduard Müller verlief von Geburt an auf unbefestigten Wegen.

Der Vater arbeitete im Gussstahlwerk der Thyssen AG, bis er einen schlimmen Unfall erlitt, durch den er arbeitslos wurde.

Selbstmitleid und Alkohol begannen schon bald ihr vernichtendes Werk zu verrichten, und im Hause Müller hielten Streit und Gewalt Einzug.

Der kleine Edi lebte in ständiger Angst, und es schmerzte ihn, mitansehen zu müssen, wie der Vater die Mutter misshandelte.

Um das Kind zu schützen, gab Frau Müller ihren Edi zu den Großeltern, die sich fortan um ihn kümmern sollten.

Das Schicksal hatte irgendwann ein Einsehen. Die Leber von Edis Vater wuchs und wuchs, bis sie ihm den Garaus machte.

Edi war inzwischen zu einem jungen Mann herangewachsen, der einer geregelten Arbeit nachging, nach der Arbeit mit seinen Kumpeln auf ein oder mehrere Biere ging und bekennendes Mitglied von Schalke 04 war.

Alles schien so, wie es sein soll; bis Edi irgendwann abgebogen war und sich mit zwielichtigen Gestalten eingelassen hatte.

Am Anfang waren es nur kleine Gaunereien, die man geneigt ist, als „Kavaliersdelikte" abzutun. Doch schon bald wurde es mehr und der Weg ins Gefängnis war nur noch eine Frage der Zeit.

Edi war nicht der harte Typ eines Gesetzesbrechers. Er war ganz einfach schwach und er wollte dazugehören. Ein Wunsch, der wohl in uns allen Menschen tief verankert ist.

Es dauerte viele Jahre und diverse Aufenthalte in staatlichen Einrichtungen, bis Edi erkannte, dass sein Weg eine Sackgasse war, aus der er nur herauskommen könnte, wenn er eine 180°-Wende vollziehen würde.

Und das tat Edi dann auch. Es war nur schade, dass er so viele Jahre seines Lebens verplempert hatte. Aber als Spätberufener hatte er scheinbar gar keine andere Wahl.

Edi machte einen radikalen Schnitt.

Weg von zu Hause, weg von alten Freunden, weg von der Familie, weg von seinem alten Leben.

Und so kam Edi nach Österreich. Er legte seinen alten Namen ab, ließ sich fortan Leopold Pospischill nennen und wandte sich mit jeder Faser seines Herzens dem „Österreichischen" zu.

In Mautern fand er in Johanna Gassner eine liebe Seele, die ihn bei sich wohnen ließ, um so dem Alleinsein zu entfliehen.

Johanna Gassner war vor Jahren Witwe geworden und litt sehr unter ihrem „Unbemanntsein".

Da kam ihr Eduard Müller sehr zupass, und sie fragte auch nicht viel, woher der Mann kam und was er so machte.

Sie überließ ihm ein Zimmer gegen einen geringen Mietzins, und sie hatte auch kein Problem damit, ihren Mitbewohner „Poldi" zu nennen, als dieser sie nach ein paar Wochen darum bat.

Eduard Müller vulgo Poldi Pospischill verdiente sich das Nötigste als Arbeiter bei einem Weinbauern. Es war gerade einmal so viel, dass er über die Runden kam.

Mit jedem Tag, den er in seiner neuen Heimat verbrachte, fühlte er sich heimischer, und er fragte sich manchmal, ob sich der Klapperstorch nicht verflogen hatte, als er den Knaben an seine Eltern auslieferte.

Im krassen Gegensatz dazu gestaltete sich die Vita von Franz Leitmoser, der schon immer so hieß und zu keiner Zeit anders heißen wollte.

Geboren in Litschau, dem obersten Zipfel des Waldviertels, aufgewachsen auf dem elterlichen Bauernhof, fühlte er schon bald den starken Drang nach Größerem in sich.

Jeden Tag den Stall ausmisten, den Kühen ihre Milch wegnehmen, am Abend in eines der Dorfgasthäuser gehen und jedes Mal dieselben Geschichten wiederkäuen wie das liebe Vieh, das war nicht das Leben, das sich Franz Leitmoser vorgestellt hatte.

Seine Eltern verstanden ihren Sohn nicht. Er war das einzige Kind und somit durch die Vorsehung bestimmt, den Hof eines Tages zu übernehmen, so wie es sein Vater von dessen Vater getan hatte, der Großvater vom Urgroßvater und so weiter und so fort.

Und so kam es, dass der undankbare Sohn eines Tages sein Bündel schnürte und mit einer unbestimmten Zukunft den Hof verließ.

Ein paar Tränen der Mutter und der Fluch des Vaters begleiteten ihn, bis er aus ihrem Blickfeld verschwunden war.

Die erste Station in seinem neuen Leben war ein Frachtschiff, auf dem er als Leichtmatrose angeheuert hatte.

Die Seefahrer-Romantik, welche Franz Leitmoser vor Augen hatte, als er anheuerte, stellte sich schon sehr bald als ein fataler Irrtum heraus.

Er hatte als Jugendlicher den Film „Freddy, die Gitarre und das Meer" gesehen, und der Film hatte ihm sehr gefallen.

Aber was er jetzt erleben musste, hatte mit dem Film überhaupt nichts zu tun. Es war ein Knochenjob und bar jeglicher Romantik.

Franz Leitmoser machte die Fahrt zu Ende und heuerte danach sofort wieder ab.

Die nächste Station hieß „Jasmin" und war ein Kreuzfahrtschiff.

Als er sich im Bewerbungsbüro vorstellte, wartete eine weitere herbe Enttäuschung auf ihn.

Hatte er sich vorgestellt, in einer schmucken, weißen Uniform den Damen Avancen machen zu können, so fand er sich jetzt in einem „Blaumann" wieder, in welchem er im Unterdeck eine wenig befriedigende Arbeit verrichtete: Ein- und Ausladen von Lebensmitteln und Getränke, kleinere Reparaturarbeiten und anderes mehr.

Die spärliche Freizeit, die ihm verblieb, verbrachte er mit Arbeitskollegen, mit denen er nur teilweise kommunizieren konnte, weil er deren Sprache nicht verstand.

Mit einem jedoch konnte er ganz gut umgehen. Es war Piet, ein Holländer, der ihm auch den Floh ins Ohr setzte, bei den Russen als Steward anzuheuern. Die würden nicht so viele Fragen stellen und Zeugnisse oder Empfehlungsschreiben wären nicht zwingend notwendig.

Die würden zwar nicht so gut bezahlen, aber die Arbeit wäre wesentlich angenehmer als auf der „Jasmin".

Auf die Frage, woher Piet das wusste, bekam Franz die Antwort, dass Piet schon einmal auf einem russischen Schiff gefahren sei. Und auf die Frage, warum er dort nicht mehr arbeite, reagierte Piet auf eine Art, die Franz verunsicherte.

Aber so sehr er Piet insistierte, Piet blieb die Antwort schuldig.

Franz war überrascht, als er Wochen später auf der „Anastasia" anheuerte.

Man sagte ihm ohne Wenn und Aber sofort die Stelle als Steward zu.

Und was die Bezahlung betraf, so war sie weit besser, als Piet ihm das in Aussicht gestellt hatte.

Der Dienst war nicht so schwer und der Umgangston der Offiziere mit der Mannschaft schon beinahe freundlich.

Einziger Wermutstropfen war die Kleidung.

Statt einer schmucken, weißen Uniform, mussten die Stewards eine Rubaschka[1] tragen. Fehlte nur noch eine Karakulmütze[2]. Aber die blieb Franz Gott sei Dank erspart.

Mit der Zeit gewöhnte sich Franz an den Dresscode, und die Damen fanden allemal Gefallen daran.

Obwohl der private Kontakt mit den Gästen auf dem Schiff strengstens verboten war, fand Franz Leitmoser genügend Gelegenheit, sich über dieses Verbot hinwegzusetzen.

Und was das etwas spärlichere Salär anging, so wurde die charmante Art eines Bauernjungen aus dem tiefsten Waldviertel durch diverse Damen veredelt.

*****

„Hast du deiner Tussi schon gesagt, dass ich bei dir wohnen werde?"

Poldi sah seinen Freund grimmig an.

---

[1] *russische Hemdbluse*
[2] *Kopfbedeckung aus dem Fell des Jungtiers des Karakulschafs*

„*Warum machst du das?*", sagte er, „*ich mag es nicht, wenn du meine Hanni so nennst.*"

„*Hanni ist deutsch; aber nicht österreichisch*", wies Franz sein Gegenüber zurecht. „*Hannerl wäre österreichisch.*"

„*Ich nenne meine Hanni, wie ich will*", erwiderte Poldi, „*kümmere dich um deinen Scheiß!*"

Dieses Wortscharmützel hätte sich wohl noch eine Weile weiterführen lassen, wäre nicht eine Frau an den Tisch gekommen und hätte gesagt:

„*Strastwuitje tovarishchi!*"[3]

Poldi sah die Frau erstaunt an und erwiderte:

„*Gehen Sie weg und lassen Sie uns in Ruhe!*"

Die Frau lächelte und wandte sich an Franz.

„*Dein Freund ist nicht sehr nett, Frantsuzskiy.*"

„*Setz dich, Tamara*", antworte Franz, „*und hör mit dem Russisch-Gequatsche auf. Und nenn mich nicht Frantsuzskiy. Du weißt, wie sehr ich das hasse.*"

„*Ist ja gut, Franzi*", sagte Tamara, „*krieg dich wieder ein.*"

---

[3] russisch: „*Guten Tag, Genossen!*"

Poldi hatte den Dialog der beiden schweigend und mit offenem Mund verfolgt. Jetzt drängte es ihn aber vehement nach Aufklärung.

„Wer ist das? Und was will die hier?"

„Mach mich nicht an, du Zwerg", kam Tamara der Antwort von Franz zuvor, was nicht wirklich zur Entspannung der augenblicklichen Lage beitrug.

„Zwerg" hatte in seinem ganzen Leben noch niemand zu ihm gesagt. Weder zu Eduard Müller - noch zu Leopold Pospischill.

„Sag der Schlampe, sie soll verschwinden", steigerte sich nun Poldi arg hinein. Sein Gesicht war dunkelrot angelaufen. Er war aufgestanden und hatte sich hoch aufgerichtet, um zu dokumentieren, dass ein Mensch mit fast ein Meter siebzig nicht als „Zwerg" bezeichnen werden kann.

Franz wollte nun seinerseits die Lage beruhigen, als der Caféhausbesitzer an den Tisch trat.

„Meine Dame, meine Herren! Ich muss doch sehr bitten. So geht das nicht. Bitte, nehmen Sie Rücksicht auf die anderen Gäste."

„Entschuldige bitte, Christian", erwiderte Poldi, *„wir werden uns ab sofort wie zivilisierte Menschen benehmen. Nicht wahr?"*

Poldi wandte sich an Tamara und Franz, um für seine Worte der Entschuldigung deren Zustimmung zu fordern, was diese auch durch ein Kopfnicken taten.

„Haben sich die Gemüter jetzt wieder beruhigt?", fragte Franz, und er bemühte sich, durch den ruhigen Klang seiner Stimme dem Gesagten Bedeutung zu verleihen.

Erneutes Kopfnicken der Angesprochenen verhieß Gutes.

„Also dann darf ich euch jetzt miteinander bekanntmachen. Das ist Tamara, die eigentlich Hertha Baumgartner heißt, und wie ich aus dem Waldviertel stammt. Und das ist Poldi."

„Und wie weiter?", fragte Tamara.

„Das ist unwichtig", antwortete Franz und schaute Tamara dabei eindringlich an.

Poldi konnte es sich nicht erklären; aber irgendwie fühlte er sich nicht wohl in der Gesellschaft der russisch-unrussischen Frau.

Als hätte Franz das gespürt, sagte er zu Poldi:

„Tamara fährt schon lange auf der „Anastasia" und sie kennt das Schiff in- und auswendig. Und was am wichtigsten ist, sie besitzt einen Schlüssel für alle Kabinen."

Jetzt klingelte es bei Poldi. Und zwar gewaltig. Die Frage, wie man in die Kabinen der Gäste gelangen sollte, hatte sich gerade von selber beantwortet.

Und dann geschah etwas völlig Überraschendes. Tamara streckte Poldi die Hand entgegen und sagte:

„Es tut mir leid wegen vorhin, Poldi. Bitte, entschuldige."

Poldi war wie vom Blitz getroffen. Dieser plötzliche Sinneswandel einer verrückten Frau war für ihn nur schwer zu verdauen.

Wie ferngesteuert ergriff er die angebotene Hand, drückte sie ganz fest und antwortete:

„Ist schon gut, Tamara, mir tut es auch leid."

Franz strahlte über das ganze Gesicht. Er hob die Hand, winkte nach der Bedienung und rief:

„Eine Flasche Sekt und drei Gläser, bitte!"

*****

Tamara war schon gegangen und die beiden Freunde saßen noch immer an ihrem Tisch und unterhielten sich angeregt.

„*Wieso nennt sich Hertha <Tamara>?*", fragte Poldi und Franz antwortete:

„*Warum hast du sie nicht gefragt, als sie noch da war?*"

„*Ich habe halt nicht daran gedacht*", antwortete Poldi.

„*Ihre Mutter ist vor langer Zeit mit Hertha ins Waldviertel gekommen. Dort hat sie einen Einheimischen geheiratet.*

Ursprünglich kam sie aus der damaligen DDR, und dort haben die Menschen ja alle Russisch lernen müssen.

Wassili Grigorjewitsch Karamasow, der Kapitän der „Anastasia" hatte die Idee, die Sprachkenntnisse von Hertha zu nützen, und so wurde aus Hertha „Tamara", die Blume aus der russischen Taiga."

Poldi war zutiefst beeindruckt.

„*Meine Herren, wir müssen langsam Schluss machen; wir schließen bald.*"

Der Caféhausbesitzer war an den letzten, noch besetzten Tisch gekommen, um den beiden Gästen die Sperrstunde zu künden.

„*Wie wäre es mit einem Absacker, Christian?* ", versuchte Poldi sein Glück, „*schließlich bin ich ja ein treuer und jahrelanger Gast.* "

Christian konnte sich ein Lächeln nicht verkneifen. Irgendwie mochte er den kleinen Mann, der sich das Mäntelchen eines Österreichers umgehängt hatte, das leider etwas zu groß geraten war.

„*Also gut, dann hole ich uns noch einen Absacker. Aber dann ist Schluss.* "

„*Du bist ein feiner Kerl, Christian*", erwiderte Poldi, der schon erkennbare Schwierigkeiten der Artikulation hatte.

Christian holte drei Achterln Grünen Veltliner und setzte sich zu den beiden an den Tisch.

„*Was macht ihr eigentlich beruflich?* "

Diese Frage löste, sowohl bei Poldi als auch bei Franz, spontan Verwirrung aus. Sie sahen einander mit weit geöffneten Augen an, als wollten sie ihr Gegenüber dazu bringen, als Erster zu antworten.

Franz zeigte sich als der Mutigere von beiden.

„*Ich bin Kapitän eines Kreuzfahrtschiffes.* "

Poldi riss seine Augen noch weiter auf.

„*Ein interessanter Beruf*", sagte Christian bewundernd, „*da kommen Sie sicher sehr viel herum.*"

„*Früher schon, jetzt nicht mehr*", antwortete Franz, der im Begriff war, seine Rolle zu genießen.

„*Aber wenn man Familie hat, dann will man nicht mehr monatelang von ihr getrennt sein.*"

„*Das kann ich verstehen*", sagte Christian, „*haben Sie auch Kinder?*"

„*Aber ja, natürlich*", erwiderte Franz, „*zwei Mädchen und einen Jungen.*"

Poldi, der um die wahren Familienverhältnisse von Franz wusste, musste mehrmals heftig schlucken. Franz war einmal verheiratet, aber nicht sehr lange. Die Häufigkeit seiner Seitensprünge löste die Ehe sehr schnell wieder auf.

Kinder waren Gott sei Dank keine da, und eine weitere Ehe gab es nicht mehr.

„*Und was machen sie, Herr Leopold?*"

Poldi wäre am liebsten aufgestanden und gegangen; aber das ging leider nicht.

„*Ich bin im Weinbau tätig*", kam es ihm über die Lippen, wobei sich seine Sprache verselbstständigt hatte, noch bevor das Gehirn Rücksprache halten konnte.

„*Das ist ja interessant*", zeigte sich Christian sofort interessiert.

„*Und wo ist Ihr Betrieb? Vielleicht sogar in der Wachau?*"

Jetzt wurde es gefährlich für Poldi. In Anbetracht der unmittelbaren Nähe zur Wachau, hätte er entweder einen bekannten Namen nennen müssen, der Christian sicher geläufig gewesen wäre oder einen neuen, etwas weiter weg gelegenen.

„*Unser Betrieb liegt in Atzelsdorf*", antwortete Poldi, wobei ihm das spontan einfiel, weil seine Johanna eine Schwester dort verheiratet hat, die er schon mit ihr besucht hat.

„*Aha*", sagte Christian, sichtlich erstaunt, „*das ist aber ganz schön weit weg vom Schuss. Und da wächst guter Wein?*"

Ein gewisser Zweifel schwang deutlich hörbar bei diesen Worten mit, und Poldis Körpertemperatur stieg augenblicklich in die Höhe.

Der Teufel musste ihn wohl geritten haben, als er diese Räuberpistole abgefeuert hat.

„*Nein*", antwortete Poldi, „*unsere Trauben holen wir natürlich aus der Wachau. Dort haben wir einige der besten Lagen.*"

„*Ach so*", gab sich Christian zufrieden, und Poldi fiel ein Stein von gewaltiger Größe vom Herzen.

„*Ich denke, wir sollten dann einmal aufbrechen; es ist schon recht spät*", unterbrach Franz die Unterhaltung, die schon recht nahe an den Rand einer Katastrophe geraten war, und Poldi hätte ihn für diese Worte küssen können.

„*Vielen Dank für den Wein, mein Lieber*", sagte Poldi, „*und auch für das köstliche Gulasch. Ich könnte darin baden.*"

Er stand auf, klopfte Christian auf die Schulter und nickte Franz aufmunternd zu, der seinerseits seinen Dank aussprach mit den Worten:

„*Sie haben hier ein richtiges Schmuckkästchen. Ich habe mich sehr wohl gefühlt und ich werde jetzt öfter einmal vorbeischauen.*"

„*Das freut mich, Herr… Ich weiß noch nicht einmal, wie Sie heißen.*"

„*Franz. Franz heiße ich. Einfach nur Franz.*"

„*Dann danke ich für Ihre freundlichen Worte, Herr Franz, und kommen Sie gut nach Hause. Das Gleiche gilt auch für Sie, Herr Leopold.*"

„*Danke, mein Lieber. Bis zum nächsten Mal!*"

Dann verließen die letzten Gäste dieses Tages das Café und genossen die Unversehrtheit ihrer verbalen Heldentat.

Zurück blieb ein Caféhausbesitzer, den viele offene Fragen noch eine geraume Weile beschäftigten sollten.

*****

Poldi und Franz benötigten die Obere Landstraße in ihrer gesamten Breite, als sie sich auf dem Weg zum Parkplatz machten.

„Wieso hast du dem Wirt den Blödsinn mit dem Weinbauern erzählt?", fragte Franz, *„das wäre beinahe ins Auge gegangen."*

„Aber du hast doch damit angefangen und nicht ich", versuchte Poldi sich zu rechtfertigen.

„Das stimmt überhaupt nicht", gab sich Franz entrüstet, *„ich habe nur gesagt, dass ich zur See fahre."*

„Ja, aber als Kapitän."

„Und du?", sagte Franz, *„du machst jetzt Weine, habe ich gehört."*

Es folgte Stille. Die beiden Freunde trotteten schweigend nebeneinander her.

„*Aber lustig war es schon*", knüpfte Franz wieder an. „*Das musst du zugeben.*"

„*Stimmt*", sagte Poldi, und das breite Grinsen in seinem Gesicht war eine zusätzliche Bestätigung. „*Der liebe Christian hat schon ordentlich gestaunt.*"

„*Wieso kennt ihr euch eigentlich so gut?*", wollte Franz wissen, und Poldi antwortete:

„*Ich bin schon seit Jahren Stammgast im Café Berger. Irgendwann hat er mir das DU angeboten, da konnte ich nur schwerlich NEIN sagen.*"

Franz sah seinen Freund an. In seinem Blick konnte man die Bewunderung erkennen, die er für Poldi empfand. Es war unverkennbar, dass Poldi ein Händchen hatte im Umgang mit Menschen. Franz konnte das nicht so gut.

Was er über seinen Freund wusste, war nicht gerade sehr viel. Er wusste, dass Poldi aus Berlin kam und angeblich im Börsengeschäft tätig war.

Über Privates redete Poldi nicht gern, und schon gar nicht, dass er einen Großteil seines bisherigen Lebens hinter „schwedischen Gardinen" verbracht hatte.

Franz hingegen war wie ein offenes Buch. Wenn man etwas über ihn in Erfahrung bringen wollte, musste man nur darin blättern.

„*Kann man dieser Tamara überhaupt trauen?*", fragte Poldi. Sie waren inzwischen beim Parkplatz angekommen und hatten auf einer Bank Platz genommen, die sich in unmittelbarer Nähe befand.

„*Ich denke schon*", antwortete Franz.

„*Was heißt das, ich denke schon?*", erwiderte Poldi, „*kann man oder kann man nicht?*"

„*Aber ja, doch*", sagte Franz, „*Hertha ist schon in Ordnung.*"

Poldi begann Zweifel zu entwickeln bei der Frau, die sich Tamara nennt, aber in Wirklichkeit Hertha heißt, und die dazu noch aus dem Osten kommt.

Dem lieben Poldi war gerade nicht bewusst, dass er im Grunde genommen ebenso ein Chamäleon war wie Tamara.

Es war wohl eher die alte Geschichte zwischen „Ossi" und „Wessi", die ihn gerade heimgesucht hatte.

„*Was wirst du machen, wenn wir die Beute verteilt haben?*", drängte sich Franz in Poldis Gedanken.

„*Nimmst du dein Hannerl mit auf die Seychellen?*"

„*Spinnst du?*", entgegnete Poldi vehement, „*wer nimmt schon einen Kleinwagen auf die Seychellen mit, wenn ihn dort lauter Ferraris erwarten.*"

Diese Antwort schockierte Franz ein wenig. Er wollte gerade etwas entgegnen, als Poldi ihm ins Wort fiel.

„*Es ist nicht gut, wenn man über ungelegte Eier redet. Wir müssen den Coup erst einmal erfolgreich durchziehen. Und jetzt bringe ich dich erst einmal zum Schiff zurück, Herr Kapitän.*"

*****

Wassili Grigorjewitsch Karamasow war nicht nur eine imposante Erscheinung, er war auch der Kapitän der „Anastasia".

Ein Mann mit breiten Schultern und einer sonoren Stimme, der jede Frau in Trance zu versetzen vermochte.

Ein Teil der Passagiere bestand aus alleinstehenden Damen. Meist Witwen, die bemüht waren, das Vermögen ihrer Gatten auf angenehme Weise unter die Leute zu bringen.

Und so wurde beim allabendlichen Käpt'ns Dinner geflirtet, was das Zeug hielt. Zärtlich Blicke flogen hin und her und das Testosteron verbrauchte fast den ganzen Sauerstoff.

Das Personal war angehalten, den Reisenden jedweden Wunsch von den Augen abzulesen, und Höflichkeit musste jedes Crewmitglied in ausreichenden Mengen ständig bei sich tragen.

„Dóbroje útro, Tovarishchi!"[4]

Und unisono kam zurück:

„Dóbroje útro, Kapitan!"[5]

Alle Stewards, die Stubenmädchen, die Reinigungskräfte und selbst die Mitglieder der Küche waren im großen Mannschaftsraum versammelt.

„Heute kommt ein ganz besonderer Gast an Bord. Er heißt Michail Orlowski und reist mit seiner Gattin Sonja, sowie den beiden Töchtern Galina und Alexandra.

Sonja Molotow sitzt in einem Rollstuhl. Also seien Sie besonders rücksichtsvoll im Umgang mit ihr.

Sprechen Sie diese Gäste niemals an, sondern warten Sie, bis Sie angesprochen werden.

---

[4] russisch: *„Guten Morgen, Genossen!"*
[5] russisch: *„Guten Morgen, Kapitän!"*

Und erfüllen Sie jeden Wunsch, ganz egal, wie seltsam er Ihnen erscheinen möge.

Haben Sie das alle verstanden?"

Ein vielstimmiges, lautes „*Da!*"[6] brachte die erwartete Antwort.

Die versammelte Mannschaft sah sich verwundert an. Als ein Getuschel begann, unterband dies der Kapitän augenblicklich.

„Was gibt es da zu quatschen? Haben Sie keine Arbeit?"

Jetzt verließen alle den Raum, bis auf Tamara, die vom Kapitän zurückgehalten wurde.

„Für dich habe ich eine ganz spezielle Arbeit."

„Und was sollte das sein?", fragte Tamara in ihrer gewohnt schnippischen Art.

„Du kümmerst dich um die beiden Mädchen", antwortete der Kapitän, *„du fährst mit ihnen herum und gehst mit ihnen schoppen. Auf dem Parkplatz steht ein Jeep, und mit dem fährst du die Mädchen heute Nachmittag nach Wien."*

„Das mache ich nicht", erwiderte Tamara, *„da musst du jemand anderen suchen."*

---

[6] russisch für: „*Ja!*"

Kapitän Wassili Grigorjewitsch Karamasow holte tief Luft. Dann sagte er mit mühsam unterdrückter Wut:

„Überspanne den Bogen nicht, malysh[7]. Nur weil wir ab und zu miteinander schlafen, heißt das noch lange nicht, dass du dir solche Frechheiten mir gegenüber erlauben darfst."

„Das ist keine Frechheit, tovarishch kapitan[8]", erwiderte Tamara, *„ich habe nur keinen Führerschein, und deshalb kann ich die beiden Hühner nicht herumkutschieren."*

Als ihm Tamara dieses Päckchen Unverfrorenheit, umschnürt mit einem entwaffnenden Lächeln, überreichte, musste Kapitän Karamasow wider einmal kapitulieren.

Er war dieser Frau von der ersten Stunde an verfallen, und außerdem war ihre Zweisprachigkeit eine große Hilfe für ihn.

„Dann werde ich dir Juri Andropow zur Verfügung stellen. Der wird euch fahren."

„Diesen hässlichen Russen?", erwiderte Tamara, *„Nein, nein. Ich nehme Franz. Der gefällt mir besser."*

---

[7] russisch für: *„Schätzchen"*
[8] russisch für: *„Genosse Kapitän"*

„Dann mach doch, was du willst.“

Mit diesen Worten kapitulierte der Kapitän einmal mehr vor dieser Naturgewalt aus Fleisch und Blut.

*****

Franz staunte nicht schlecht, als er mit Tamara und den beiden Mädchen in den Jeep stieg.

„Wie hast du das geschafft, dass ich dieses edle Teil fahren darf?“

„Frag nicht so viel“, antwortete Tamara, *„gib einfach Gas!“*

Die Fahrt nach Wien wurde zu einem aufregenden Erlebnis. Der Jeep Grand Cherokee mit Plug-in-Hybrid-Antrieb ließ das Herz von Franz Leitmoser höherschlagen.

Die beiden Mädchen surften indes auf ihren Bildschirmen, welche an den Rückenlehnen der Vordersitze angebracht waren, kreuz und quer durch die Galaxien des World Wide Web.

„Sprechen die beiden Mädchen überhaupt deutsch“, fragte Franz und Tamara gab ihm die Antwort darauf, indem sie sich zu den Mädchen nach hinten neigte und laut sagte:

„Wollt ihr euch nicht ein wenig die Landschaft anschauen, ihr russischen Pissnelken?"

Die Tatsache, dass die Mädchen nicht darauf reagierten, genügte Franz als Antwort völlig.

„Weißt du, wie lange wir noch in Krems vor Anker liegen?", fragte Franz weiter.

„Nicht so genau", antwortete Tamara, *„halt so lange, bis dieses Ersatzteil für die Maschine geliefert und ausgetauscht wurde."*

„Kann uns eigentlich auch völlig egal sein", sagte Franz, *„von mir aus noch eine ganze Weile. Jetzt lassen wir erst einmal in Wien den Rubel rollen."*

„Wir brauchen keine Rubel", erwiderte Tamara, *„die Mentscher[9] haben goldene Kreditkarten."*

Diese abschätzige Bezeichnung für die beiden jungen Russinnen durch Tamara, vulgo Hertha Baumgartner, spiegelte unverkennbar ihre Herkunft wider.

Ebenso rau wie das Klima in der kältesten Region ihrer Heimat, so rau war auch ihr Charakter.

*****

---

[9] abschätzig für: *Mädchen*

Es schien, als hätten die Geschäfte in der Kärtner-straße auf Alexandra und Galina gewartet. Kleider, Schuhe, Uhren und Schmuck wurden ebenso erwor-ben wie Schnickschnack aus der Elektroindustrie.

Tamara gingen die Augen über, als sie zusah, welche Preise für das Gekaufte anfielen, und Franz empfing einfach nur Freude darüber, dass einige der gekauften Dinge in naher Zukunft ihren Besitzer wechseln würden.

Poldi würde staunen, wenn er ihm erzählte, wel-che Goldfische sich an Bord der „Anastasia" eingenis-tet hätten.

Der Besuch des „Sachers" war natürlich Pflicht. Papa Orlowski hatte es seinen Lieblingen auferlegt, das berühmte Wiener Hotel zu besuchen.

Ein weiterer Pflichtbesuch war das Schloss Schönbrunn auf der Rückfahrt, wobei das Interesse der Mädchen an Kultur eher bescheidene Ausmaße hatte.

Die Rückfahrt verlief wie auch schon die Hin-fahrt: World Wide Web und gelegentliches Lachen der Mädchen.

Tamara bewunderte ihre neue Uhr, welche ihr die Mädchen gekauft hatten. Es war kein Billig-Teil, das sie an ihrem Handgelenk trug.

„Das hätte ich nicht erwartet", sagte sie, und sie bereute fast ein wenig, dass sie die beiden auf der Hinfahrt „Pissnelken" genannt hatte.

Franz sah hinüber zu Tamara, wie sie wieder und wieder an der Uhr herumspielte.

„Dafür bekommst du ordentlich Cash"[10], sagte er, worauf Tamara erwiderte:

„Spinnst du? Die behalte ich natürlich."

„Auf gar keinen Fall. Alles, was wir erbeuten, wird zu gleichen Teilen durch drei geteilt."

Tamara wandte sich abrupt zu Franz.

„Jetzt hör einmal genau zu, du Spaßvogel. Ohne mich könnt ihr das Ganze vergessen. Oder willst du durchs Bullauge in die Kabinen einsteigen?

Die Uhr ist ein persönliches Geschenk der Mädchen an mich. Nur weil der Neid jetzt an dir herumnagt, weil du leer ausgegangen bist, musst du mich jetzt nicht anmachen."

„Ist ja schon gut", versuchte Franz zu beschwichtigen, *„du kannst die blöde Uhr behalten."*

---

[10] ugs. für: *Bargeld*

44

„Geht doch", erwiderte Tamara, und Franz ärgerte sich, dass er von Tamara gerade ordentlich vorgeführt worden war.

Tamara drehte das Radio auf, genoss die Gegend und den nahen Sonnenuntergang, während Franz der Luxuskarosse kräftig die Sporen gab.

*****

„Wir haben einen Hauptgewinn an Bord."

Mit diesen Worten eröffnete Franz das Meeting im Café Berger. Er war zeitgleich mit Poldi dort eingetroffen. Tamara sollte wieder später dazustoßen.

„Was meinst du damit?", fragte Poldi, als der Herr Markus an den Tisch trat, um nach ihren Wünschen zu fragen:

„Wie immer, Herr Leopold?"

„Wie immer", antwortete Poldi und der stets freundliche Herr Markus wandte sich nun an Franz:

„Was darf es für Sie sein, mein Herr?"

„Bringen Sie mir irgendetwas", antwortete Franz, dem das Getue um seinen Freund auf die Nerven ging,

und der wohl auch ein wenig eifersüchtig auf Poldi war, weil dieser wie ein VIP behandelt wurde, der er auf gar keinen Fall war.

„Irgendetwas haben wir nicht auf der Karte", erwiderte der Herr Markus leicht indigniert, *„darf es vielleicht etwas anderes sein?"*

Franzens Pupillen weiteten sich merklich. Er starrte den Kellner einfach nur an, der seinem Blick jedoch tapfer standhielt.

„Dann bringen `S mir halt einen Kaffee und ein Kipferl."

„Kipferln haben wir keine", erwiderte der Herr Markus wahrheitsgemäß, *„aber Sie können sich gerne aus der Mehlspeisvitrine etwas aussuchen."*

Damit war die Grenze des Zumutbaren erreicht.

„Dann eben nur einen Kaffee", zischte Franz.

Nun tat sich ein Problem für den armen Herr Markus auf. Kaffee ist in Österreich bekanntermaßen nicht einfach nur Kaffee. Es gibt so viele Arten davon.

Er hatte natürlich bemerkt, dass die besagte Grenze erreicht war, und er wollte sie auf keinen Fall übertreten. Und so sagte er mit zaghafter Stimme:

„Vielleicht einen Einspänner wie der Herr Leopold?"

„*In Gottes Namen, ja*", antwortete Franz resignierend, den inzwischen eine verbale Müdigkeit beschlichen hatte.

Der Herr Markus entfernte sich und Poldi fragte:

„*Was war das denn eben?*"

„*Nichts*", antwortete Franz, „*es ist alles in Ordnung. Erzähle mir ganz einfach, was du vorhin gemeint hast mit deinem Hauptgewinn.*"

Franz erzählte Poldi von dem Oligarchen und seiner Familie, durch welche das Spektrum der zu erwarteten Beute gewaltig erweitert wurde.

„*Das ist Musik in meinen Ohren*", gab sich Poldi euphorisch, „*besser geht es ja gar nicht.*"

Als Poldi sah, dass seine Äußerung keinerlei Regung bei Franz auslöste, sagte er:

„*Hast du irgendetwas? Ist es wegen der Bedienung?*"

„*Nein*", antwortete Franz, „*es ist wegen Tamara.*"

„*Was ist mit Tamara?*", sagte Poldi, „*macht sie nicht mehr mit?*"

„*Doch, doch*", erwiderte Franz, und dann erzählte er Poldi von der Shoppingtour in Wien und der Geschichte mit der Uhr für Tamara.

„*Ich finde schon, dass die Uhr nicht zur Beute gehört*", sagte Poldi zaghaft, worauf Franz antwortete:

„*Vergiss es einfach, ich hab mich nur ein wenig geärgert. Und das war dumm von mir.*"

„*Bist du sicher, mein Lieber?*"

„*Ja. Absolut*", sagte Franz und als der Herr Markus den Kaffee brachte, entschuldigte sich Franz bei ihm mit den Worten:

„*Es tut mir leid wegen vorhin. Es ist heute einfach nicht mein Tag.*"

„*Schon gut, Herr Franz*", erwiderte der scheinbar völlig in sich ruhende Kellner und Franz fühlte ganz deutlich in seinem Herzen, dass er soeben in den erlauchten Kreis der Caféhaus-VIPs aufgenommen worden war.

*****

Michail Orlowski hatte den Kapitän zu sich in seine Kabine gebeten.

„Hat sich der Kurier schon bei dir gemeldet, Kapitan?"

Der Oligarch wirkte äußerst angespannt.

„Nein, Michail", antwortete der Kapitän, *„das hätte ich Ihnen sofort gemeldet."*

„Wer ist alles in die Angelegenheit eingeweiht?"

Die Unruhe war nicht zu übersehen bei Michail.

„Außer mir nur Maxim Popow, der 1. Offizier und Juri, unser Chefmaschinist", antwortete der Kapitän.

„Ist das auch der, der für den Maschinenschaden verantwortlich ist. Und wird der auch dichthalten?"

„Ja Michail, Sie können völlig beruhigt sein. Juri ist absolut zuverlässig. Aber es gibt da ein kleines Problem."

Der Oligarch zuckte zusammen,

„Was für ein Problem", fragte er.

„Wir können das nicht mehr lange hinauszögern mit der Reparatur", sagte der Kapitän, *„die anderen Mechaniker werden schon misstrauisch."*

„Das ist mir egal", erwiderte Michail, *„wir müssen warten, bis der Kurier geliefert hat.*

Lass dir etwas einfallen, Wassili, du bekommst schließlich genug Geld dafür."

Als der Kapitän nicht gleich darauf reagierte, fragte Michail gereizt:

„Ist sonst noch etwas?"

„Ja, Michail", antwortete der Kapitän vorsichtig, *„der 1. Offizier will mehr Geld."*

„Kabjel!"[11]

Der Oligarch hatte das Schimpfwort förmlich hinausgestoßen.

„Was soll ich ihm sagen?", fragte der Kapitän vorsichtig.

„Wenn alles gut verlaufen ist, bekommt er auch den angemessenen Lohn, den er verdient", antwortete Michail.

Die Antwort des Oligarchen versetzte den Kapitän in eine leichte Unruhe. Er wusste, mit wem er es zu tun hatte, und dass das Paket, welches ein Kurier überbringen sollte, wohl nicht ganz ungefährlich wäre.

„Du kannst jetzt gehen, Wassili, und kümmere dich um alles. Es darf nichts schiefgehen."

---

[11] russ. Schimpfwort *„Hund!"*

Der Kapitän verließ die Kabine mit einem unguten Gefühl. Er hätte sich auf diese Geschichte niemals einlassen dürfen. Aber eine kranke Frau zu Hause und die hohen Arzt- und Spitalskosten haben ihn veranlasst, seine Prinzipien zu verkaufen.

*****

Die Abende an Bord verliefen fast immer nach demselben Schema: Abendessen und danach Alkohol, viel Alkohol.

Eine kleine Gruppe Künstler war für die Unterhaltung zuständig. Drei Balalaika Spieler, ein Akkordeon Spieler und ein junges Tanzpärchen, wobei die Frau auch als Sängerin fungierte.

Leopold Pospischill hatte es irgendwie geschafft, am Tisch des Oligarchen zu sitzen. Zu seiner großen Überraschung war er sogar mit diesem imposanten Mann in ein Gespräch genommen.

So erfuhr er auch den Grund, warum Madame Orlowski im Rollstuhl sitzen musste. Ein schlimmer Unfall vor einem Jahr hätte sie beinahe das Leben gekostet.

Es war irgendwie befremdlich, wenn man sah, wie diese schöne Frau am Tisch saß, schweigend ihre Mahlzeiten einnahm und nie ein Wort sprach, außer gelegentlich, wenn sie das Wort an eine ihrer Töchter richtete.

Ihre Mimik war immer gleich. Es gab keinerlei Regung darin zu entdecken.

Der Oligarch erzählte Poldi, dass seine Mutter eine Deutsche war, und dass er daher als Kind zweisprachig aufgewachsen ist.

Aber nachdem seine Mutter verstorben war, hätten sich seine deutschen Sprachkenntnisse stetig zurückgebildet. Umso mehr freute es ihn, dass er durch seinen Tischnachbarn wieder in die Welt der deutschen Sprache eintauchen konnte.

Natürlich war es unausweichlich, dass die Themen „Essen und Trinken" von den beiden Männern abgearbeitet wurden.

Und so geschah es, dass Poldi irgendwann auf sein heiß geliebtes Fiakergulasch zu sprechen kam. Er tat dies mit einer solchen Inbrunst, dass nach dem Konsum einiger Gläser Wodka der Wunsch in Michail aufkeimte, diese spezielle Speise kosten zu wollen.

Was lag also für Poldi näher, als im Café Berger einen Tisch zu bestellen für sich und seinen neuen russischen Freund Michail.

Poldi rief gleich am nächsten Morgen bei Christian an und bestellte einen Tisch für sechs Personen, die da waren: Michail, seine beiden Töchter Alexandra und Galina, Tamara als Dolmetscherin, natürlich Poldi selbst und Franz, der als Chauffeur fungierte.

*****

Der hintere Bereich des Café Berger war mit einer dicken, roten Absperrkordel, wie man sie von Museen und Schlössern kennt, vom restlichen Gastraum abgetrennt.

Christian war der Bitte von Poldi nachgekommen und hatte einige Flaschen Champagner und Kaviar besorgt.

Zuvor hatte er sich jedoch im Internet schlaugemacht, wer sich hinter dem Namen Michail Orlowski verbirgt.

Die Bezeichnung „Oligarch" bei dem Artikel wischte Christians Bedenken schlagartig weg, er könnte eventuell auf den Kosten sitzen bleiben.

Und dann kam die kleine Gesellschaft. Christian begrüßte die illustren Gäste persönlich und führte sie zu ihrem Tisch.

„Ich möchte Fiakergulasch", fiel Michail mit der Tür sofort ins Haus, *„und Champagner."*

Christian wollte spontan einwenden, *„dass Bier als Begleiter eines Fiakergulaschs geeigneter wäre als Champagner"*, unterließ es aber.

Der Unterschied bei der Gewinnspanne zwischen Bier und Champagner ist zudem beträchtlich.

Die Gläser wurden gefüllt und die Teller mit kräftig duftendem Fiakergulasch wurden schon bald danach aufgetragen.

Während Michail Unmengen dieser speziellen Speise in sich hineinstopfte, hielten sich die beiden Mädchen eher zurück.

Mit einem unwiderstehlichen Augenaufschlag wendeten sie sich an ihren Vater mit den Worten:

„Пáпенька,[12] das schmeckt uns nicht. Wir wollen lieber eine Sachertorte."

Michail winkte Christian herbei, der sich in der Nähe aufhielt.

Dann bat er Tamara auf Russisch, den Wunsch der Kinder an Christian weiterzugeben.

„Wir haben keine Sachertorte", sagte Christian, *„aber ich kann eine Auswahl eigener, sehr köstlicher Mehlspeisen herrichten lassen. Ich bin mir sicher, sie*

---

[12] russisch für: *„Papi"*

54

werden den jungen Damen ebenso gut schmecken wie die Sachertorte. "

Diesen vielversprechenden Worten mischte Christian eine ordentliche Portion Optimismus bei, in dem Bewusstsein, dass man einer echten Sachertorte keinen adäquaten Gegner gegenüberstellen kann.

Seine große Hoffnung war, dass der Faktor „süß" den Ausschlag geben würde. Und als flankierende Maßnahme orderte er in der Küche noch „heiße Schokolade mit Schlag".

Und die Rechnung ging auf.

Die Mädchen stürzten sich auf die Auswahl der Mehlspeisen, als wären sie am Verhungern.

Und Michail bearbeitete gerade die zweite Portion Fiakergulasch.

Während Tamara und Franz den Hype um das Gulasch nur bedingt nachvollziehen konnte, sonnte sich Poldi an dem Geschehen.

„Es ist sehr schade, dass Ihre Gattin nicht dabei sein kann", sagte Poldi, worauf Michail das Besteck aus der Hand legte und Poldi anstarrte.

Poldi blickte verwirrt zu Tamara.

„Hat er mich nicht verstanden?", fragte er zaghaft und fügte hinzu:

„Vielleicht könntest du es übersetzen, Tamara."

Tamara wollte Poldis Wunsch nachkommen, als Michail sagte:

„Sie wissen doch, was mit meiner Frau ist. Glauben Sie wirklich, das würde ihr hier gefallen?"

Poldi begann zu schwitzen. Die Art, wie Michail ihn dabei ansah und die Art, wie er sprach, machten Poldi fast ein wenig Angst.

„Ich dachte ja nur", stotterte er und lächelte gequält.

Was dann geschah, verwirrte Poldi noch mehr.

Michail begann laut zu lachen.

„Natürlich wäre meine Sonja jetzt gern hier bei uns. Aber die Schmerzen. Wenn die vielen Schmerzen nicht wären…"

Michail machte plötzlich ein trauriges Gesicht. Es war gerade so, als hätte er einen Schalter umgelegt.

Dann nahm er sein Glas in die Hand und rief:

„Sa sdarówje!"[13] *Und noch mehr Champagner!"*

---

[13] russisch für: *„Auf die Gesundheit!"*

Als nach Mitternacht die Gesellschaft das Café-haus verließ, blieb ein äußerst zufrieden schauender Christian zurück.

*****

Am nächsten Tag wurde kurz vor Wien eine Leiche angeschwemmt. Es handelte sich um einen Mann in Uniform.

„Grüß dich Gerald! Wo hast du denn deinen Schatten gelassen?"

Frau Dr. Wanda Schmitt-Müller begrüßte den Mann, der gerade ihr Reich betrat.

Major Gerald Böhler kam gern in die Prosektur. Er hatte kein Problem mit den Leichen und er mochte die Leiterin der Rechtsmedizin sehr.

„Hallo Wanda!", erwiderte der Major, *„Charly kommt gleich nach."*

Gerald ging zum Tisch und betrachtete die Leiche. Nachdem er auf den ersten Blick keine Verletzung feststellen konnt, sagte er:

„Wieso ist das ein Fall für uns?"

„Weil dieses schöne Exemplar eines Mannes ermordet wurde."

„*Und du weißt sicher auch schon, wie*", setzte Gerald nach.

„*In etwa, schon*", antwortete Wanda.

„*Was heißt das, Frau Doktor?*", fragte Gerald.

„*Das würde mich auch interessieren*", kam die Stimme aus dem Hintergrund.

Oberleutnant Charlotte Lechner war eingetreten.

„*Grüß Gott, Frau Doktor, und Entschuldigung wegen der Verspätung.*"

„*Ist schon recht, Frau Lechner*", erwiderte die Gerichtsmedizinerin, „*Sie haben noch nichts versäumt.*"

Wanda Schmitt-Müller war mit Leib und Seele Medizinerin. Sie war noch vom alten Schlag, ähnlich wie Gerald, mit Prinzipien und festen Werten.

Im Gegensatz zu ihr und Gerald war sie mit Charlotte per SIE, wohl auch, weil der Altersunterschied sehr groß war.

„*Der ist noch recht jung*", stellte Charlotte fest, „*und fesch ist er auch.*"

Wanda und Gerald sahen einander an.

„Der Mann ist schätzungsweise achtundzwanzig bis dreißig Jahre alt, eins sechsundachtzig groß, wiegt ca. achtzig Kilo, ist in einer körperlich, allgemein guten Verfassung und slawischen Ursprungs.

Wie er innen aussieht, kann ich erst sagen, wenn ich ihn geöffnet habe.“

„Kannst du uns etwas zu der Todesursache sagen?“, fragte Gerald.

„Er wurde erschlagen“, antwortete die Medizinerin.

„Und womit?“, fragte Charlotte erstaunt, „man kann doch gar nichts sehen?“

Sie hatte die Leiche von allen Seiten betrachtet, ohne eine äußerliche Verletzung zu entdecken.

„Schauen Sie hier, Frau Lechner“, erwiderte die Medizinerin und deutete auf eine Stelle im Bereich des Kehlkopfes.

„Ich sehe nichts“, sagte Charlotte.

„Eben“, erwiderte Wanda.

Der Oberleutnant sah zu ihrem Kollegen, der genauso erstaunt war als sie selbst.

„*Das musst du uns näher erklären*", sagte Gerald, worauf Wanda lächelte, mit ihrem Zeigefinger auf den Hals deutete und erklärte:

„*Hier befindet sich normalerweise ein Knorpelgebilde, welches das Verbindungsstück zwischen Pharynx und Trachea bildet.*"

Die Medizinerin machte eine kurze Pause, sah in die Gesichter ihrer beiden Besucher und fügte dann hinzu:

„*Und dieses Verbindungsstück ist nicht mehr da.*"

„*Du meinst den Kehlkopf; nicht wahr?*", sagte Gerald.

„*Das ist richtig, mein Freund*", erwiderte Wanda, „*und den braucht es nun einmal.*"

„*Und wo ist der hin?*", fragte Charlotte.

„*Das ist die Gretchenfrage, Kindchen*", antwortet die Medizinerin, „*und um das herauszufinden, muss ich den Schönling erst einmal filetieren.*"

„*Aber du hast doch sicher eine Vermutung*", sagte Gerald.

„*Ja, schon*", erwiderte Wanda, „*aber du weißt, spekulieren gehört an die Börse und nicht in ein gerichtsmedizinisches Institut.*"

„Nur einen kurzen Blick in die Glaskugel; bitte."

Gerald wagte einen neuen Versuch. Seine flehentliche Stimme in Verbindung mit einem Dackelblick verfehlten nicht ihre Wirkung.

„Es könnte sein, dass der Kehlkopf durch einen Schlag nach innen gepresst wurde und dort die Trachea dauerhaft verschloss, sodass der Mann erstickte."

„Das klingt ja furchtbar", sagte Charlotte, *„der arme Kerl."*

„Kein schöner Tod", fügte die Medizinerin hinzu, *„aber wie gesagt, reine Spekulation.*

Und jetzt verschwindet, damit ich meine Arbeit machen kann."

*****

Auf dem Weg ins Büro fragte Charlotte ihren Kollegen:

„Warum behandelt mich die Ausbandlerin[14] immer wie ein Kleinkind?"

---

[14] mundartlich für: *herauslösen*

„*Wahrscheinlich, weil du dich so benimmst*", antwortete Gerald, „*und pass auf, was du sagst. Etwas mehr Respekt wäre angebracht.*"

Die Schärfe in der Stimme von Gerald hielt Charlotte davon ab, das Thema noch weiter zu vertiefen. Stattdessen fragte sie:

„*Was machen wir jetzt?*"

„*Du fragst in der Vermisstenstelle nach, ob eine für uns verwertbare Meldung vorliegt, und ich habe eine Verabredung mit Dr. Wertheimer.*"

*****

Staatsanwältin Dr. Iris Wertheimer und Major Gerald Böhler waren seit einiger Zeit ein Paar. Inoffiziell natürlich.

Gerald hätte es gern offiziell gemacht, aber Ilse wollte das nicht. „*Zu kompliziert*", meinte sie, „*und eventuell hinderlich bei der Arbeit.*"

„*Schön, dass du vorbeischaust, Major.*"

Gerold mochte die flapsige Art seiner jungen Gefährtin. Sie war altersmäßig eine Generation unter ihm angesiedelt, und anfangs hatte er Bedenken, sich auf sie einzulassen.

Aber er konnte sich ihr einfach nicht entziehen. Nach dem Scheitern seiner Ehe hatte er sich zunächst einmal zurückgezogen und einen großen Bogen um die holde Weiblichkeit gemacht.

Als er jedoch auf Iris traf, gab es kein Entkommen. Der freche Blick aus ihren dunklen Augen elektrisierte seinen ganzen Körper und erweckte eine Sehnsucht in ihm, die er bis zu diesem Zeitpunkt sehr gut versteckt gehalten hatte.

„Wir haben einen neuen Fall", sagte Gerald.

„Das hättest du mir auch am Telefon mitteilen können. Oder treibt dich die Sehnsucht nach deiner erotischen Spielwiese hierher?", erwiderte Iris, und strich zur Untermauerung des Gesagten mit ihren Händen über ihren Busen.

„Lass das, Iris!", sagte Gerald, *„oder möchtest du, dass das jemand sieht?"*

„Wer sollte das denn sehen?", erwiderte Iris, *„an meinem Zerberus kommt keiner vorbei, und Gott schaut zwar zu; aber er schützt bekanntlich die Liebenden."*

„Du bist wirklich furchtbar", sagte Gerald und Iris antwortete:

„Ich weiß, mein Schatz."

Dann aktivierte sie die Gegensprechanlage auf ihrem Schreibtisch und sagte:

„Keine Störung und keine Anrufe, die nächste halbe Stunde, Frau Grammel!"

Und die Vorzimmerdame antwortete:

„Wird gemacht, Frau Staatsanwalt."

Iris Wertheimer stand auf, ging um den Schreibtisch herum und näherte sich ihrer Beute.

„Wehren Sie sich nicht, Herr Major. Ich bin Ihre Chefin und Sie haben zu gehorchen. Jeder Widerstand ist zwecklos."

Gerald Böhler hatte nie die Absicht, sich zu wehren. Er ließ die Staatsanwältin gewähren, und als er nach einer halben Stunde das Büro der Staatsanwältin wieder verließ, tat er das mit einem verklärten Blick.

„Ist alles zu Ihrer Zufriedenheit verlaufen, Herr Major?"

Gerald sah Frau Grammel an und erwiderte:

„Zu meiner größten Zufriedenheit, liebe Frau Grammel. Ich wünsche Ihnen noch einen wunderschönen Tag."

„Das wünsche ich Ihnen auch, Herr Major", sagte die Vorzimmerdame und widmete sich mit einem feinen Lächeln wieder ihrer Arbeit.

*****

„Wir haben einen Treffer", sagte Charlotte, „der könnte passen."

„Das ist gut", erwiderte Gerald, „dann zeig einmal her."

„In Krems-Stein liegt das Fluss-Kreuzfahrtschiff „Anastasia" vor Anker. Und der 1. Offizier, ein gewisser Maxim Popow wurde als abgängig gemeldet."

„Und seit wann?", fragte Gerald.

„Seit zwei Tagen", antwortete Charlotte.

„Dann wird das wohl unser Mann sein. Setz dich mit den Kremser Kollegen in Verbindung und bitte sie, sie sollen uns Unterlagen zu dem Mann besorgen und ein Foto, damit wir es mit der Leiche abgleichen können.

Und frage auch, ob das Schiff noch dort parkt und wie lange noch. Die sollen auf keinen Fall ablegen, bevor wir mit ihnen gesprochen haben."

Charlotte sah ihren Chef freudig an und fragte:

„Heißt das, wir fahren in die Wachau?"

„Ja, Charly", antwortete Gerald, *„wir zwei Hübschen machen einen Ausflug."*

Geralds Wirkung auf Frauen hatte auch vor Charlotte nicht Halt gemacht. Sie himmelte ihren Chef förmlich an, was Gerald auch nicht entgangen war.

Er hatte sie aber zu keiner Zeit ermutigt, mehr als einen Kollegen in ihm zu sehen.

„Bleiben wir auch über Nacht?", fragte Charlotte, *„soll ich vielleicht einen Pyjama mitnehmen?"*

Gerald lächelte. Er hätte nicht gedacht, dass die Bezeichnung „Pyjama" noch in den Köpfen der Jungen herumspukte. Das war doch eher „Oldschool".

„Das wird eine Tagestour, Charly. Pyjama und Zahnbürste müssen zu Hause bleiben."

Charlotte lächelte ebenfalls. Sie quittierte die Absage mit einem leisen *„Schade…"*

*****

„Der Kurier ist endlich da. "

Mit dieser frohen Botschaft bat Kapitän Karama-sow den Oligarchen an Deck, um die Lieferung in Empfang zu nehmen.

Der Mann aus dem Lieferwagen brachte mehrere Kisten an Bord der Anastasia und ließ sich den Empfang bestätigen.

Michail Orlowski strahlte über das ganze Gesicht, als er dem Mann ein fürstliches Trinkgeld gab, der sich mehrmals bedankte.

„Lass die Kisten in meine Kabine bringen. Und vorsichtig, bitte", sagte Michail zu dem Kapitän, *„und dann sieh zu, dass wir so schnell wie möglich von hier verschwinden. Ich möchte so bald wie möglich über die Grenze. "*

„Das wird nicht gehen, Michail", erwiderte der Kapitän.

„Und warum nicht? ", fragte Michail.

„Die Hafenmeisterei hat uns die Erlaubnis verwei-gert, abzulegen. Es geht um polizeiliche Ermittlun-gen. "

Michail packte den Kapitän am Ärmel und sagte laut:

„In meine Kabine! Jetzt sofort! "

Die umstehenden Besatzungsmitglieder hatten das Vorkommnis mitangesehen und waren sehr erstaunt, wie der Oligarch mit ihrem Kapitän umging.

Kapitän Karamasow hatte sich losgerissen und sah den Oligarchen böse an. Dann sagte er mit ruhiger Stimme:

„Kommen sie, Tovarishch Michail; gehen wir in Ihre Kabine."

Die Kisten waren alle in die Kabine des Oligarchen gebracht worden.

Sonja befand sich mit den beiden Mädchen auf dem Sonnendeck, sodass Michail und Wassili allein in der Kabine waren.

„So können Sie nicht mit mir umgehen, Michail", sagte der Kapitän, *„und schon gar nicht vor der Mannschaft."*

„Ich gehe mit dir um, wie ich will", erwiderte der Oligarch, *„oder willst du Maxim nachfolgen?"*

Es war das erste Mal, dass Michail offen eine Drohung gegen Wassili aussprach.

„Es hat dich keiner gezwungen, dich auf unser Geschäft einzulassen", fuhr Michail fort, *„und mein Geld hast du gern genommen."*

„*Hätte ich gewusst, was für ein Mensch du bist*", *hätte ich niemals mitgemacht*", erwiderte der Kapitän, der das respektvolle SIE gegen ein vertrautes DU eingetauscht hatte.

„*Jetzt ist es zu spät, Tovarishch*", sagte Michail, „*wir werden die Angelegenheit gemeinsam zu Ende bringen. Und keine Dummheiten, sonst...*"

„*Was, sonst?*", erwiderte der Kapitän, „*sonst werde ich auch von dir umgebracht wie Maxim?*"

„*Rede keinen Mist, Kapitan*", sagte Michail, „*erstens ist Maxim über Bord gegangen, weil er wieder einmal betrunken war. Und zweitens kann ich niemand umgebracht haben, weil ich für jede Minute des Tages ein Alibi habe.*"

„*Maxim wurde erst am Abend vermisst*", erwiderte der Kapitän, „*und nicht am Tag.*"

„*Durak*"[15], sagte Michail, „*da war ich mit meinen Freunden Fiakergulasch essen in der Stadt.*"

Wassili überlegte kurz. Vielleicht war der Tod von Maxim wirklich nur ein Unfall...

*****

---

[15] russisch für: „*Dummkopf*"

Befragung des Kapitäns Wassili Grigorjewitsch an Bord der „Anastasia"

Mjr. Böhler:

„Wann wurde Maxim Popow, Erster Offizier auf der „Anastasia" vermisst?"

Kapitän Karamasow:

„Das ist schwer zu sagen, Herr Major, weil wir nicht wissen, wann Maxim ins Wasser gefallen ist."

Mjr. Böhler:

„Aber den Tag wissen Sie schon."

Kapitän Karamasow:

„Natürlich, das war am Sonntag."

Mjr. Böhler:

„Und wer hat das Fehlen von Maxim Popow bemerkt?

Kapitän Karamasow:

„Der Matrose Iwan Pidrutschnyj. Er hat den Vorfall sofort gemeldet."

Mjr. Böhler:

„Hätte Maxim Popow nicht einfach nur an Land sein können? Vielleicht bei einem Spaziergang oder in einem Café?"

Kapitän Karamasow:

„Nein, das wäre nicht möglich gewesen."

Mjr. Böhler:

„Und warum nicht?"

Kapitän Karamasow:

„Maxim Popow hatte Dienst. Er hatte Bereitschaft."

Mjr. Böhler:

„Das gibt es auch, wenn ein Schiff vor Anker liegt?"

Kapitän Karamasow:

„Natürlich, Herr Major. Entweder der Kapitän oder der Erste Offizier muss Bereitschaft haben. Das ist Vorschrift."

Mjr. Böhler:

„Ist das nur auf russischen Schiffen Vorschrift?"

Kapitän Karamasow:

„*Das ist auf allen Schiffen Vorschrift. Sollte zum Beispiel ein Brand ausbrechen, dann muss ein hochrangiges Mitglied der Besatzung Verantwortung übernehmen und die richtigen Entscheidungen treffen.*"

Mjr. Böhler:

„*Wo waren Sie eigentlich, als Maxim Popow ins Wasser gefallen ist. Waren Sie auch an Bord?*"

Kapitän Karamasow:

„*Nein. Ich habe einen Ausflug zum Stift Melk gemacht.*"

Mjr. Böhler:

„*Wie haben Sie von dem Unglück erfahren?*"

Kapitän Karamasow:

„*Nachdem Iwan Pidrustschnyi den Offizier nicht gefunden hat, hat er Alarm geschlagen. Als er dann noch immer nicht gefunden wurde, hat man mich angerufen. Ich bin dann sofort an Bord zurückgekehrt.*"

Mjr. Böhler:

„*Vielen Dank, Herr Kapitän. Das wäre alles für den Moment. Bitte, schicken Sie mir diesen Matrosen herein.*"

Kapitän Karamasow:

„Der Mann spricht aber kein Deutsch, Herr Major."

Mjr. Böhler:

„Dann müssen wir einen Dolmetscher besorgen."

Kapitän Karamasow:

„Das wird nicht nötig sein. Ein Mitglied der Crew ist eine Österreicherin. Sie könnte übersetzen."

Mjr. Böhler:

„In Ordnung, dann schicken Sie beide herein."

Nachdem der Kapitän den Raum verlassen hatte, sagte Charlotte zu Gerald:

„Wer weiß, ob wir dieser Österreicherin überhaupt trauen können. Vielleicht steckt sie ja mit drin."

„Das werde ich schon herausfinden", erwiderte Gerald. *„Wenn wir seine Personalien haben, lässt du ihn in der Zentrale überprüfen. Und dann gibst du mir Bescheid."*

Mjr. Böhler:

„Frau Baumgartner, Sie sind also österreichische Staatsbürgerin und sprechen russisch."

Hertha Baumgartner:

„Das ist richtig. Ich heiße Hertha Baumgartner, bin 26 Jahre alt und komme aus dem Waldviertel."

Mjr. Böhler:

„Soso, Sie kommen aus dem Waldviertel. Und wo haben Sie Russisch gelernt? Auf der Volkshochschule?"

Hertha Baumgartner:

„Nein, in Deutschland. Ich komme ursprünglich aus der DDR und da war russisch Pflichtfach."

Mjr. Böhler:

„Das erklärt natürlich alles, Frau Baumgartner. Und sie sprechen russisch wirklich gut?"

Hertha Baumgartner:

„Natürlich. Ich war Klassenbeste und außerdem hatte ich einen russischen Freund, der an der Technischen Universität Berlin studiert hat."

Mjr. Böhler:

„Also gut, Frau Baumgartner. Dann machen wir das so: Ich frage den Zeugen, Sie übersetzen meine Frage und danach die Antwort des Zeugen. Ich muss jedoch

hundertprozentig sicher sein, dass Ihre Übersetzung auch stimmt. Bekommen Sie das hin?"

Hertha Baumgartner:

„Ganz bestimmt, Herr Kommissar."

Gerald musste lächeln. Die junge Frau gefiel ihm. Sie war sehr selbstbewusst und überhaupt nicht nervös, auch wenn ihr gerade mit der Anrede „Herr Kommissar" ein kleiner Fehler unterlaufen war.

Mjr. Böhler:

„Na gut, Frau Baumgartner, dann lassen Sie uns beginnen."

Hertha Baumgartner:

„Eine Frage hätte ich noch:"

Mjr. Böhler:

„Fragen Sie, Frau Baumgartner!"

Hertha Baumgartner:

„Bekomme ich etwas bezahlt für meine Tätigkeit?"

Mjr. Böhler lachend:

„Das besprechen wir hinterher."

Befragung des Iwan Pidrutschnyj, Matrose auf der „Anastasia" unter Mithilfe von Hertha Baumgartner als Übersetzerin

Mjr. Böhler:

„Herr Pidrutschnyj, wie war das mit Maxim Popow?"

Iwan Pidrustschnyi/Hertha Baumgartner:

„Ich wollte den Genossen Popow etwas fragen. Ich habe überall nach ihm gesucht, habe ihn aber nirgendwo gefunden.

Der Genosse Popow ist ins Wasser gefallen und ertrunken. Friede für seine Seele."

Iwan Pidrustschnyi schlug mehrere Kreuze auf seiner Brust, als er das sagte. In seinem Gesicht spiegelte sich eine Mischung aus Angst und Entsetzen wieder.

Mjr. Böhler zu Hertha Baumgartner:

„Fragen Sie ihn, ob der Genosse Popow schwimmen konnte."

Iwan Pidrustschnyi/Hertha Baumgartner:

„Wie ein Fisch. Alle an Bord können schwimmen. Das ist Vorschrift."

Major Böhler lächelnd:

„Spasibo, Iwan, Sie können gehen. "

Der Matrose stand auf, verbeugte sich und ging.

Befragung des Michail Orlowski, Passagier auf der „Anastasia

Mjr. Böhler:

„Wie lange sind Sie schon an Bord, Herr Orlowski? "

Michail Orlowski:

„Seit Beginn der Reise, Herr Kommissar. "

Major Böhler erwog, ob er seinem Gegenüber die richtige Anrede bezüglich seines Dienstgrades antragen sollte, unterließ es aber.

Mjr. Böhler:

„Und was ist der Zweck Ihrer Reise? "

Michail stutzte zunächst. Dann lächelte er.

Michail Orlowski:

„Es ist derselbe Zweck, der bei allen Reisenden vorliegt: Urlaub, Erholung, Genießen mit allen Sinnen, gutes Essen und Trinken, die gute Luft usw. "

Mjr. Böhler:

„Reisen Sie allein?"

Michail Orlowski:

„Meine Ehefrau Sonja und meine beiden Töchter begleiten mich."

Mjr. Böhler:

„Die muss ich dann auch noch befragen."

Michail Orlowski:

„Das wird leider nicht möglich sein. Meine Ehefrau hatte einen schweren Autounfall und ist an den Rollstuhl gefesselt. Und meine beiden Töchter sind noch minderjährig.

Ich bin außerdem im Besitz eines Diplomatenpasses und betrachte diese Befragung hiermit als beendet.

Ach ja; ich habe den Abend, an dem das schreckliche Unglück passierte, mit Freunden im Café Berger in Krems verbracht. Sie können den Wirt gern befragen."

Mjr. Böhler:

„Vielen Dank, Herr Orlowski, dass Sie sich zur Verfügung gestellt haben und eine gute Weiterreise!"

Gerald Böhler machte eine kleine Pause. Er ging auf das Oberdeck und zündete sich eine Zigarette an.

„Was hältst du von diesem Russen?", fragte er Charlotte, welche die Befragung schweigend mitverfolgt hatte.

„Schwer zu sagen", antwortete Charlotte, *„als Besitzer eines Diplomatenpasses hätte er ja gar nicht antworten müssen."*

„Ich weiß", erwiderte Gerald, *„überprüfe sein Alibi, und auch, ob du etwas über den Kerl in Erfahrung bringen kannst."*

„Wird gemacht, Chef", sagte Charlotte und ging wieder hinein.

Gerald blieb noch einen Augenblick und blies den Rauch seiner Zigarette in den dunklen Nachthimmel.

Er fragte sich, ob er diesen Fall überhaupt lösen könne. Ein ganzes Schiff voller potenzieller Verdächtige, und die meisten davon Russen. Das machte es auch nicht gerade einfacher.

Die Befragung der weiteren Zeugen erbrachte keine verwertbaren Erkenntnisse. Und das Alibi von Michail Orlowski wurde vom Wirt des Café Berger bestätigt.

*****

Das dreiblättrige Kleeblatt hatte sich für ein weiteres, konspiratives Treffen im Café Berger eingefunden.

Die Stimmung war – angesichts der neuen Lage – äußerst angespannt. Alle drei waren von der Polizei befragt worden.

„Glaubt ihr daran, dass der Tod des 1. Offiziers ein Unfall war?", fragte Poldi.

„Nie und nimmer", antwortete Franz als Erster. *„Ich bin davon überzeugt, dass die Russen ihre Finger im Spiel haben."*

„Welchen der Russen meinst du?", fragte Tamara. *„Es dürfte dir ja nicht entgangen sein, dass sich mehrere davon auf dem Schiff befinden."*

Poldi missfiel die Art, wie Tamara ihn gefragt hatte. Er hatte sich nie in ihrer Gesellschaft wohlgefühlt. Und gerade war es nicht anders.

„Bei euch ist ganz schön etwas los auf dem Schiff. Die Polizei war bei mir, um nach eurem Alibi zu fragen."

Christian, der Caféhausbesitzer war an den Tisch gekommen, um mehr zu erfahren.

„War es ein Unfall oder war es Mord?"

Christians Augen leuchteten hell vor Begeisterung.

„*Endlich ist einmal etwas los bei uns* ", fügte er hinzu.

„*Ein Mensch ist ums Leben gekommen. Ein Mann, auf den zu Hause vielleicht Frau und Kinder warten. Berührt Sie das gar nicht?* "

Tamara sah Christian vorwurfsvoll an.

„*Ich muss dann einmal weitermachen*", sagte Christian und zog sich eilig zurück.

„*Siehst du, Christian glaubt auch, dass es Mord war*", triumphierte Poldi.

„*Du redest nur wirres Zeug*", erwiderte Tamara, „*warst du bei den Befragungen vielleicht dabei?* "

„*Nein*", antwortete Poldi kleinlaut.

„*Eben*", sagte Tamara, „*aber ich.* "

„*Jetzt hört schon auf*", fuhr Franz nun dazwischen, „*das bringt doch nichts. Wir haben ganz andere Sorgen. Oder etwa nicht?*

„*Was machen wir mit unserem Plan? Führen wir ihn durch oder lassen wir es lieber bleiben?* "

Drei ratlose Gesichter sahen einander stumm an.

„*Also ich bin dafür, dass wir es machen*", brach Poldi das Schweigen. Schließlich konnte er - angesichts seiner finanziellen Lage - auch gar nichts anderes sagen.

„Und das, obwohl vielleicht ein Mörder an Bord ist?“, kam von Tamara der berechtigte Einwand.

„Ich glaube nicht, dass wir in irgendeiner Weise gefährdet sind“, versuchte Poldi die beiden auf seine Seite zu ziehen.

Franz fühlte sich nicht wohl bei dieser Unterhaltung. Er kam mit Maxim Popow immer gut zurecht. Er schätzte seine ruhig und freundliche Art, und jetzt war er tot.

„Mir wäre es am liebsten, wir würden das Ganze lassen.“

„Bist du verrückt?“

Poldi hatte es so laut gerufen, dass die anderen Gäste schon nach ihnen schauten.

„Gehts noch?“, sagte Tamara und sah Poldi eindringlich an.

„Ich frage mich gerade, ob man mit dir überhaupt etwas anfangen sollte, so unbeherrscht, wie du dich aufführst.“

Poldi bemühte sich um einen entspannten Gesichtsausdruck und ein Lächeln, was aber nicht wirklich überzeugend war.

„Ich denke, wir legen die Sache erst einmal auf Eis, bis sich die Wogen etwas geglättet haben" sagte Tamara, *„schließlich sind wir ja noch eine ganze Weile unterwegs."*

„Das ist ein guter Plan, Tamara", pflichtete Franz erleichtert bei, und Poldi machte gute Mine zum bösen Spiel und stimmte ebenfalls zu.

*****

Der nächste Tag sollte eine große Überraschung bringen.

„Wir haben den Täter, Herr Kommissar; Sie können ihn bei uns abholen. Es ist ein Mitglied aus meiner Crew."

Der Anruf kam von Kapitän Karamasow und schlug ein wie eine Bombe.

Der mutmaßliche Täter wurde abgeholt und Major Böhler vorgeführt. Kapitän Karamasow hatte ihn persönlich begleitet.

Er war es auch, den Major Böhler als ersten befragte. Hertha Baumgartner wurde fürsorglich als Dolmetscherin hinzugezogen.

*****

Befragung des Kapitäns Wassili Grigorjewitsch unter Mithilfe von Hertha Baumgartner als Übersetzerin

Mjr. Böhler:

„Ich möchte Ihnen zunächst dafür danken, dass Sie uns den mutmaßlichen Täter zugeführt haben. Spasibo!"

Kapitän Karamasow:

„Ich freue mich, dass ich helfen kann, Herr Kommissar."

Mjr. Böhler:

„Wie war es möglich, den mutmaßlichen Täter zu erwischen?"

Kapitän Karamasow:

„Gruschenka Iwanow hat mir Meldung gemacht, dass Igor Smirnow damit geprahlt hat, den Offizier in p'yanst[16] von Bord gestoßen zu haben."

Hier musste Hertha Baumgartner kurz einspringen und übersetzen.

„Ich habe dann den Mann sofort verhört und er hat gestanden."

---

[16] russisch für: *Trunkenheit, Rausch*

Mjr. Böhler:

„Welche Funktion hat der Mann?"

Kapitän Karamasow:

„Er ist Maschinist."

Mjr. Böhler:

„Glauben Sie, dass der Mann die Wahrheit sagt?"

Kapitän Karamasow:

„Hundert Prozent, Kommissar."

Die Antwort auf diese Frage kam wie aus der Pistole geschossen. Major Böhler sah den Kapitän lange an. Und der Kapitän hielt dem Blick stand. In seinem Gesicht war ein feines, schon fast zufriedenes Lächeln zu erkennen.

Mjr. Böhler:

„Dann danke ich Ihnen, Herr Kapitän. Sie haben uns sehr geholfen."

Wassili Grigorjewitsch stand auf, reichte dem Major die Hand und lächelte ihn dabei an.

Der Major ging zu Charlotte und sagte:

„Was meinst du, Charly? War das alles echt oder war das eher eine Schmierenkomödie?"

„Ich tippe auf Letzteres", antwortete Charlotte.

*****

Befragung des Maschinisten Igor Smirnow unter Mithilfe von Hertha Baumgartner als Übersetzerin

Mjr. Böhler:

„Herr Smirnow, haben Sie den Ersten Offizier der „Anastasia" von Bord gestoßen?"

Igor Smirnow/Hertha Baumgartner:

„Nennen Sie mich „Igor", Gospodin!"[17]

Mjr. Böhler:

„Ich wiederhole die Frage, Igor. Haben Sie Maxim Popow von Bord gestoßen?"

Igor Smirnow/Hertha Baumgartner:

„Da."

---

[17] russische Anrede für *„Herr"*

Mjr. Böhler:

„Warum haben Sie das gemacht, Igor?"

Igor Smirnow/Hertha Baumgartner:

„Maxim Popow war ein böser Mensch."

Mjr. Böhler:

„Waren Sie an dem Abend betrunken?"

Igor Smirnow/Hertha Baumgartner:

„Da. Viel Wodka. Immer viel Wodka. Jeden Tag."

Mjr. Böhler:

„Haben Sie Maxim geschlagen?"

Igor Smirnow/Hertha Baumgartner:

„Nein, nicht geschlagen. Nur geschubst. Der Mann ist ins Wasser gefallen und war tot."

Mjr. Böhler:

„Woher wussten Sie, dass Maxim tot war."

Igor Smirnow/Hertha Baumgartner:

„Er kann nicht schwimmen."

Mjr. Böhler:

„Wie alt sind Sie, Igor?"

Igor Smirnow/Hertha Baumgartner:

„Ich weiß nicht, Gospodin. Vielleicht 58 oder 60 Jahre."

Mjr. Böhler:

„Haben Sie Familie, Igor?

Igor Smirnow/Hertha Baumgartner:

„Da. Anna ist meine Frau. Gute Frau. Drei Töchter: Dunja, Jekaterina und Ljudmila."

Major Böhler sah sich den Mann an, der vor ihm saß. Nicht sehr groß, sehr schlank, verängstigt, unterwürfig, nicht sehr intelligent und mit Tränen in den Augen.

Vermutlich musste er gerade an seine Familie denken, die weit weg war und die er schmerzlich vermisste.

Dass dieser Mann der Mörder von Maxim Popow war, daran glaubte der Major nicht einen einzigen Augenblick. Er empfand Mitleid mit diesem Menschen, mit dem man gerade ein böses Spiel zu treiben schien.

Mjr. Böhler:

„Es tut mir sehr leid, Igor; aber Sie müssen eine Nacht lang bei uns bleiben. Morgen früh sehen wir dann weiter."

Der Major konnte den Mann nicht einfach wieder gehen lassen. Das musste erst mit der Staatsanwaltschaft abgeklärt werden.

Er bat den uniformierten Kollegen, er solle den Beschuldigten in die Zelle bringen, und ihm etwas zu essen und zu trinken besorgen.

Als der Kollege das hörte, schaute er den Major ungläubig an.

„Das geht schon in Ordnung. Machen Sie einfach, was ich Ihnen gesagt habe."

Der uniformierte Kollege bestätigte die Anordnung des Majors und führte den Russen hinaus.

„Der Igor war das nicht. Der kann keiner Fliege etwas zuleide tun."

Es war Hertha Baumgartner, die das sagte.

„Was macht Sie da so sicher?", fragte der Major.

„Das Ganze stinkt zum Himmel", erwiderte Hertha, *„das sieht doch ein Blinder mit Krückstock."*

Befragung der Gruschenka Iwanow unter Mithilfe von Hertha Baumgartner als Übersetzerin

Mjr. Böhler:

„Frau Iwanow, ist es richtig, dass Igor Smirnow zu Ihnen gesagt hat, dass er den 1. Offizier, Maxim Popow, von Bord gestoßen hat?

Gruschenka Iwanow:

„Da. "

Mjr. Böhler:

„Hat er Ihnen auch gesagt, warum er das getan hat? "

Gruschenka Iwanow:

„Da. "

Der Major sah Gruschenka erwartungsvoll an. Als sie dann endlich weitersprach, gab es eine Überraschung. Gruschenka Iwanow verwendete fast dieselben Worte wie zuvor Igor Smirnow.

„Maxim Popow war ein böser Mann. "

Mjr. Böhler:

„Glauben Sie, dass Igor Smirnow der Mörder von Maxim Popow ist? "

Gruschenka Iwanow:

„Net, net, net![18] *Igor ist ein guter Mensch, er ist kein Mörder. Es war ein Unfall. Ganz bestimmt; es war nur ein schlimmer Unfall."*

Gruschenka war aufgesprungen, als sie das vehement von sich gab. Sie hielt sich an der Tischkante fest und sie zitterte am ganzen Leib.

Dann sank sie zurück auf ihren Stuhl und begann zu weinen.

Hertha Baumgartner stand auf, ging um den Tisch herum und legte ihre Arme auf die Schultern von Gruschenka.

Gruschenka drehte sich um und umschlang den Körper von Hertha Baumgartner. Dabei murmelte sie etwas, was der Major nicht verstehen konnte.

Gerald Böhler ließ die beiden Frauen gewähren.

Als sich Gruschenka etwas beruhigt hatte, und Hertha wieder auf ihren Platz zurückgekehrt war, nickte der Major Gruschenka zu, als wolle er ihr damit bedeuten, dass alles in Ordnung wäre.

Gruschenka nickte ebenfalls, und ein feines Lächeln spiegelte ihre Dankbarkeit wieder.

---

[18] Russisch für: *„Nein, nein, nein!"*

Mjr. Böhler:

„Gruschenka; ich habe noch eine letzte Frage an Sie: Ist Igor Smirnow Alkoholiker? Trinkt er sehr viel?"

Gruschenka Iwanow:

„Igor trinkt keinen Tropfen. Er hasst Alkohol."

Mjr. Böhler:

„Vielen Dank, Gruschenka. Wir sind fertig. Sie können jetzt gehen."

Gruschenka Iwanow:

„Was passiert mit Igor? Darf er auch gehen?"

Mjr. Böhler:

„Nein, Gruschenka. Igor muss noch eine kleine Weile hierbleiben. Aber er wird sicher bald wieder aufs Schiff zurückkehren. Ich werde mich persönlich darum kümmern. Versprochen."

Gruschenka Iwanow:

„Spasibo Gospodin!"

Gruschenka hatte die Hand von Major Böhler ergriffen und sie geküsst.

Der Major wollte noch seine Hand zurückziehen; aber es war schon zu spät.

„Ist Ihnen das unangenehm, Herr Kommissar?", sagte Hertha Baumgartner, und eine kleine Portion Spott war nicht zu überhören.

„Glauben Sie wirklich, dass der alte Mann ein Mörder ist und Gruschenka eine abgebrühte Lügnerin? Ich glaube weder das eine noch das andere.

Da ist eine Riesenschweinerei im Gange, und der Orlowski hängt da sicher mit drin. Aber ich bin ja nur eine kleine Arbeiterin im Dienst des russischen Bären, und meine Meinung interessiert niemanden."

„Mich schon, Frau Baumgartner. Oder soll ich lieber „Tamara" sagen?", erwiderte der Major.

„Wer oder was sind Sie mehr? Hertha oder Tamara?"

„Mal das eine – dann wieder das andere. Je nachdem…"

Gerald Böhler lachte. Die Frau gefiel ihm. Hinter ihrer Persönlichkeit war weit mehr verborgen, als man auf den ersten Blick erkennen konnte.

*****

„Kannst du mir bitte sagen, was ich mit dem Russen machen soll?"

Die Staatsanwältin hielt die Akte von Igor Smirnow in der Hand und hielt sie dem Major entgegen.

„Das ist eine zwiespältige Angelegenheit, liebe Frau Doktor", antwortete Gerald, „und deswegen habe ich um diese Unterredung gebeten."

„Also wenn ihr mich fragt, ist das mehr als eine zwiespältige Angelegenheit. Das ist ein ganz faules Ei."

Gerald Böhler hatte die Gerichtsmedizinerin zu diesem Treffen bei der Staatsanwältin dazu gebeten.

„Du bleibst also dabei, dass es sich um Mord handelt und nicht um einen Unfall?", fragte die Staatsanwältin, und Wanda bestätigte die Frage mit einem deutlichen „JA".

„Und du bist überzeugt davon, dass dieser Russe nicht der Täter sein kann", stellte die Staatsanwältin in Richtung Gerald fest.

„Absolut", erwiderte Gerald, „und bitte nenne diesen Mann nicht immer den <Russen>. Er hat schließlich einen Namen."

„Ich weiß, Herr Major", erwiderte Iris, „er heißt Igor."

„Na also", sagte Gerald, *„dann benütze ihn auch."*

„Mir scheint, du magst diesen Mann, diesen Igor", wandte sich Wanda an Gerald.

„Das tut nichts zur Sache", erwiderte Gerald, *„ich bin nur für Gerechtigkeit, das ist alles."*

Wanda sah zu Iris und beide Frauen lächelten.

„Ihr seid wirklich zwei ganz schreckliche Weiber."

Es war für Gerald ein Bedürfnis, diesen Satz zu sagen. Er durfte es auch. Zum einen, weil die drei seit vielen Jahren befreundet waren und zum anderen, weil sie alle über eine ordentliche Portion Humor verfügten.

„Wir sollten wieder einmal etwas zusammen unternehmen. Meint ihr nicht auch?"

Wanda wartete nicht auf eine Reaktion der beiden Freunde, sondern fuhr fort:

„Und was die Leiche des anderen Russen angeht..."

Weiter kam Wanda nicht, weil sich Iris einem plötzlich auftretenden Lachflash hingab und sagte:

„Der Mann hat einen Namen, verehrte Frau Doktor Schmitt-Müller. Merken Sie sich das!"

Gerald schüttelte den Kopf.

„Ihr seid wirklich unmöglich."

„Entschuldige bitte, Gerald; aber der musste sein", sagte Iris und warf Gerald einen Kuss zu.

Gerald konnte sich nun auch nicht mehr gegen ein aufkommendes Lachen wehren und warf Iris einen Kuss zurück.

„Können wir jetzt weitermachen, ihr Turteltauben oder soll ich später wiederkommen?", sagte Wanda, der das Liebesverhältnis der beiden wohl bekannt war.

Wanda begann noch einmal neu.

„Was die Leiche von Maxim Popow angeht, so habe ich die Todesursache noch einmal gründlich untersucht.

Dabei bin ich zu dem Schluss gekommen, dass die Todesursache zwar auf die Einwirkung stumpfer Gewalt zurückzuführen ist; aber nicht in Form eines Werkzeugs."

„Das verstehe ich nicht", sagte Gerald, *„könntest du uns das etwas näher erklären?"*

„Ich will es versuchen", erwiderte Wanda.

„Wenn der Schlag gegen den Larynx mit einer Stange aus Eisen oder Holz durchgeführt worden

wäre, dann hätte es auf der Epidermis erkennbare Spuren hinterlassen. Das ist jedoch nicht der Fall.

Im Umkehrschluss bedeutet das, dass der Schlag mit einem weichen Gegenstand durchgeführt wurde."

Ratlosigkeit zeichnete sich in den Gesichtern von Gerald und Iris ab.

"Und was sollte das sein?", fragte Iris, *"ein Handschuh oder ein Tuch?"*

"Ich glaube, ich hab `s", sagte Gerald, *"der Täter oder die Täterin hat den Kehlkopf mit dem Daumen eingedrückt."*

"Nicht ganz, mein Lieber", erwiderte Wanda, *"oder glaubst du wirklich, das Opfer hat so lang still gehalten, bis der Täter sein Werk verrichtet hat?*

Und eine Täterin hätte wohl nicht die Kraft für eine solche Vorgangsweise."

"Wie war es dann?", fragte Iris.

Wanda hob ihren Arm und bewegte die Hand ruckartig in Richtung Hals des Majors.

"Mit der Handkante", sagte Gerald lapidar.

"Ganz genau", erwiderte Wanda. *"Jetzt musst du nur noch herausfinden, wer dazu imstande ist."*

„*Igor ganz bestimmt nicht*", erwiderte Gerald, „*das ist schon einmal sicher. Allein von seiner Statur und der geringen Körpergröße kann er es nicht gewesen sein.*"

„*Und was machen wir jetzt mit deinem Igor?*", fragte die Staatsanwältin. „*Sollen wir ihn auf freien Fuß setzen?*"

„*Auf gar keinen Fall*", antwortete der Major, „*er ist ein Bauernopfer. Wer weiß, was die mit ihm machen. Er wäre eine Gefahr für die wirklichen Täter.*"

„*Du glaubst, da steckt mehr dahinter?*", fragte Iris.

„*Ich fürchte, das ist eine ganz große Nummer. Wir stecken Igor so lange in Untersuchungshaft, bis wir den oder die wirklichen Täter gefasst haben. Und wir passen gut auf ihn auf.*"

„*Das sehe ich genau so*", erwiderte Iris, „*ich werde mich persönlich darum kümmern.*"

„*Auf diese Weise wiegen wir die wahren Täter in Sicherheit, während wir sie beobachten*", sagte Gerald, „*und ich weiß auch schon, wer das machen wird.*"

*****

98

Poldi, Franz und Tamara hatten sich ein letztes Mal im Café Berger verabredet. Es war Poldis Idee.

„Ich habe euch hierher gebeten, weil ich euch etwas Wichtiges sagen möchte. Aufgrund der mysteriösen Vorkommnisse auf der „Anastasia" habe ich beschlossen, das Schiff zu verlassen."

Tamara und Franz sahen Poldi entgeistert an.

„Das kannst du doch nicht machen", sagte Franz.

„Und was wird aus unserem großen Coup?", fügte Tamara hinzu. *„Immerhin war es deine Idee."*

„Ja, schon", erwiderte Poldi, *„aber was nützt mir das Geld, wenn ich es nicht mehr ausgeben kann, weil mich irgendjemand ermordet hat."*

„Das ist doch Blödsinn", sagte Tamara. *„Der Mord hat doch nichts mit uns zu tun. Von uns will niemand etwas."*

„Und woher willst du das wissen?", fragte Poldi.

Tamara gab sich zunächst zurückhaltend, sagte aber dann:

„Eigentlich habe ich mich ja verpflichten müssen, Stillschweigen zu bewahren. Aber ihr seid schließlich meine Freunde."

Tamara machte eine weitere Pause, bevor sie weitersprach.

„Ich muss mich darauf verlassen, dass ihr das für euch behaltet, was ich euch jetzt sage."

„Zu hundert Prozent", erwiderte Franz.

„Was ist mit dir, Poldi?"

Tamara sah Poldi eindringlich an, während sie ihn das fragte.

„Du kannst dich auf mich verlassen", rang sich Poldi mühsam ab.

„Wie ihr wisst, war ich ja bei den Vernehmungen dabei. Und da habe ich so einiges mitbekommen."

Tamara ließ das Gesagte zuerst einmal auf die beiden einwirken.

„Mach `s nicht so spannend", sagte Poldi ungeduldig.

„Die Bullen wissen, wer der Mörder ist."

Tamara hatte es leise gesagt und schaute nun in zwei völlig überraschte Gesichter.

„Also ist es nicht Igor", sagte Franz.

„Nein", antwortete Tamara, „der Mörder war gar nicht auf dem Schiff. Er kam von außerhalb."

„Und wieso sitzt Igor dann noch im Gefängnis?"

Tamara nahm sich eine kurze Bedenkzeit, um nach einem plausiblen Grund nachzudenken.

„Zu seinem Schutz", sagte sie dann, „Igor hat den Mörder nämlich gesehen."

Das Erstaunen der beiden Männer nahm zu.

„Und wer ist jetzt der Mörder?", fragte Poldi.

„Das weiß ich nicht", antwortete Tamara wahrheitsgemäß, „aber die Polizei fahndet schon nach ihm."

„Dann sind wir ja überhaupt nicht in Gefahr", stellte Franz erleichtert fest. „Also können wir unseren Plan doch noch ausführen."

Poldis Bedenken hielten sich tapfer. Sie wollten einfach nicht weichen. Es brauchte schon ein größeres Geschütz, um seine Bedenken zu besiegen.

„Wisst ihr eigentlich, was in den Kisten war, die an Bord gebracht wurden?"

Kopfschütteln war die Antwort.

„*Goldbarren*", sagte Tamara, „*in den Kisten waren Goldbarren. Sie gehören Michail Orlowski.*"

Als Tamara in Poldis Augen Dollarzeichen erkannte, wusste sie, dass er den Köder geschluckt hatte.

Was sie jedoch nicht wissen konnte, war die Tatsache, dass sie mit ihrem scheinbaren Schwindel der Wahrheit sehr nahegekommen war.

„*Also? Was ist jetzt? Willst du noch immer von Bord gehen?*"

Tamara kannte die Antwort, noch bevor sie die Frage an Poldi stellte.

„*Christian, bring uns eine Flasche Sekt und vier Gläser. Es gibt etwas zu feiern und du bist eingeladen.*"

*****

Am nächsten Nachmittag legte die „Anastasia" ab. Die Reederei hatte einen Ersatzmann für den 1. Offizier einfliegen lassen, und der wurde am Abend den Gästen vorgestellt.

Am Kapitänstisch saßen wieder Michail Orlowski mit Ehefrau Sonja und den beiden Mädels, sowie Leopold Pospischill als Günstling des Oligarchen und das neue Crewmitglied.

Der Kapitän war aufgestanden und hatte sein Glas erhoben.

„Meine sehr verehrten Gäste! Ich darf Ihnen Oleg Kusnezow vorstellen, meinen neuen 1. Offizier, der anstelle des tödlich verunglückten Maxim Popow den Dienst auf der „Anastasia" antritt.

Maxim Popow wurde bereits in seine Heimatstadt überführt, wo er seine letzte Ruhe finden wird. Maxim Popow war nicht nur ein hervorragender Offizier und Kamerad, er war auch ein Freund. Ich darf Sie nun um eine kurze Gedenkminute bitten."

Als die Minute vorüber war, hielt Kapitän Wassili Grigorjewitsch Karamasow sein Glas in Richtung des großflächigen Bildes des Verstorbenen und rief:

„Sa Sdorówje, Maxim! Mögen dich die Engel im Himmel beschützen."

Poldi hatte aufmerksam zugehört und fragte sich gerade, warum der Kapitän von einem Unfall gesprochen hatte und nicht von einem Mord.

Es war ihm auch aufgefallen, dass der Kapitän Mühe hatte, zu sprechen. Überhaupt erweckte er den Eindruck, als wäre er nicht ganz nüchtern.

Als sich der Kapitän wieder niedergesetzt hatte und sich ein Glas Wodka an den Mund setzen wollte, wurde er von Michail Orlowski daran gehindert.

Der Oligarch legte seine Hand auf den Unterarm des Kapitäns, um ihn am Trinken zu hindern. Und zugleich flüsterte er ihm etwas ins Ohr.

Sonja Orlowski beobachtete die Situation mit starrem Blick. Ihr Mann flüsterte auch ihr etwas zu, worauf sie mit ihrem Rollstuhl abrupt vom Tisch wegfuhr, nicht jedoch, ohne vorher die beiden Mädchen aufzufordern, sie mögen sie begleiten.

Die Mädchen folgten ihrer Mutter ohne Widerrede, nachdem sie ihrem Vater einen Kuss auf die Wange gegeben hatten.

„Sie haben zwei prächtige Kinder, Michail", sagte Poldi, um die Situation etwas zu entschärfen, was von dem Oligarchen dankbar entgegengenommen wurde.

„Das ist wahr, Poldi", erwiderte Michail, *„das ist das Werk ihrer wunderbaren Mutter. Sie liebt die Kinder und die Kinder lieben sie."*

„Haben Sie Kinder, Tovarishch Kusnezow?"

Damit war das Gespräch zwischen Poldi und den Oligarchen beendet. Michail hatte sich dem 1. Offizier zugewandt. Und da Poldi des Russischen nicht mächtig war, zog er sich alsbald in seine Kabine zurück.

*****

Michail Orlowski hatte den Kapitän in seine Kabine bestellt.

„Hast du schon wider getrunken, Wassili?", fragte Michail in scharfem Ton.

„Nein, Tovarishch", antwortete der Kapitän, dessen Alkoholfahne etwas anderes sagte.

„Reiß dich zusammen, Wassili, sonst…"

„Sonst was?", fragte der Kapitän, *„passiert mir sonst auch ein Unfall wie Maxim Popow?"*

Die Spannung zwischen den beiden Männern erfüllte den Raum.

„Aber denk daran", fuhr der Kapitän fort, *„ich bin der Einzige, der das Schiff steuern kann. Oder kannst du das auch?"*

Damit war die Provokation auf dem Höhepunkt. Der Oligarch schwankte zwischen Gewalt und Vernunft hin und her.

„Bring uns sicher bis Passau. Danach bist du uns los. Und hör auf mit dem Saufen."

Der Kapitän verließ die Kabine und schlug die Tür hinter sich zu.

*****

Tamara hatte den anderen nichts von ihrem Geheimauftrag gesagt. Major Böhler hatte sie gefragt, ob sie sich imstande fühle, ein wenig Recherche für ihn auf dem Schiff zu betreiben.

Aber es sollte nur so viel sein, dass sie sich selbst nicht in Gefahr dabei brächte. Einfach nur Augen und Ohren offenhalten.

Ihr war aufgefallen, dass Sonja, die Frau des Oligarchen nur noch zum Essen ihre Kabine verließ. Überhaupt war Sonja eine sehr ernste Person, was bis zu einem gewissen Grad auch nachvollziehbar war.

Das Leben im Rollstuhl ist wohl kaum ein probates Mittel, um gute Laune zu versprühen. Und trotzdem war sie Tamara gegenüber stets freundlich.

Sonja hatte einen genauen Tagesablauf. Dazu gehörten die festen Zeiten für die Nahrungsaufnahme, die Aufenthalte auf dem Sonnendeck, das zeitige Zubettgehen, wie auch die Zeiten für Tamaras Tätigkeit.

Dadurch, dass Tamara die russische Sprache beherrschte, ergab sich hier und da ein kleiner Wortaustausch, der sich vorwiegend um Mode oder frauliche Angelegenheiten drehte.

Sonja hatte Tamara am Vortag gebeten, sie möge am kommenden Tag etwas früher als sonst kommen, um die Kabine in Ordnung zu bringen.

Als Tamara an die Kabinentür klopfte, bekam sie keine Antwort.

Tamara klopfte mehrmals und als nichts zu hören war, öffnete sie mit ihrem Schlüssel die Tür und betrat mit den Worten *„ich bin es, Tamara"* die Tür.

Sie trat ein und sagte wieder:

„Hallo, Sonja! Ich bin es, Tamara."

Plötzlich sah sie den leeren Rollstuhl und erschrak. Sie rief noch einmal:

„Hallo, Frau Sonja!"

Als Tamara ein Stück weiter in den Raum hineinging, hörte sie Wasserrauschen. Es kam aus dem Bad.

Sie wollte gerade die Tür öffnen, als sie lautes Lachen hörte und eine Männerstimme.

Tamara öffnete die Tür einen kleinen Spalt und sah hinein.

Was sie dann sah, überraschte sie.

Tamara hatte angenommen, dass Michail seiner Ehefrau bei der täglichen Körperpflege behilflich wäre, aber es war ganz anders.

In der Dusche befanden sich zwei Personen. Eine davon war Wladimir, einer von Michail Orlowskis Leibwächtern und die andere war Sonja.

Es war nicht der eindeutige Vorgang, der sich Tamara vor Augen führte und sie verwirrte. Es war Sonja, die Frau mit der Behinderung.

Sonja, die Frau im Rollstuhl, stand auf ihren eigenen Beinen und sie war äußerst beweglich, bei dem, was sie tat.

Tamara schloss vorsichtig die Tür. Ihr Herz begann wie wild zu hämmern und ihr Puls raste. Die Angst, bemerkt zu werden, schnürte ihr die Kehle zu.

Ein schlimmer Verdacht beschlich Tamara und sie wünschte, sie befände sich in diesem Augenblick nicht auf dem Schiff.

„Du musst jetzt ganz ruhig bleiben", sagte sie zu sich selbst und zog sich langsam, Schritt um Schritt, aus der Kabine zurück.

Als sie wieder vor der Kabinentür war, atmete sie erst einmal tief durch. Dann ging sie ganz langsam und ruhig in ihre eigene Kabine und wählte mit zitternden Händen die Nummer von Major Böhler.

*****

„Hertha Baumgartner hat angerufen."

Diese Worte aus dem Mund des Majors klangen wie Fanfaren.

„Und?", kam postwendend die Frage von Charlotte, die ihren Chef noch sie so euphorisch erlebt hatte.

„Der Fuchs sitzt vermutlich in der Falle. Wir müssen ihn nur noch abholen und in den Käfig stecken."

Die Augen des Majors leuchteten und Charlotte verstand rein gar nichts. Sie sah ihren Chef nur ratlos an.

„Halte dich fest, Charly", sagte der Major, *„auf der „Anastasia" ist ein Wunder geschehen."*

Charlotte verstand noch immer nichts.

„Könntest du dich vielleicht etwas genauer ausdrücken, Chef?"

„Wir haben sehr wahrscheinlich den Mörder", erwiderte Gerald, *„was glaubst du, wer es ist?"*

„Ich war im Raten noch nie gut", erwiderte Charlotte, *„also sag schon, wer es ist."*

„Es ist die liebe Sonja", erwiderte Gerald, *„und wie durch ein Wunder kann sie wieder gehen."*

Charlotte sah Gerald verständnislos an.

„*Das verstehe ich nicht*", sagte sie, worauf Gerald lachte.

„*Ach Charly*", sagte er, „*hüpf einmal in die Höhe; vielleicht fällt dann der Groschen.*"

„*Aber wenn das stimmt*", erwiderte Charlotte, „*dann versteh ich nicht, wie eine so zarte Frau den Ersten Offizier ermordet haben soll. Popow war ja doch ein recht stattlicher Mann.*"

„*Das ist natürlich ein Argument*", sagte Gerald, „*und deswegen müssen wir mehr über diese Dame herausfinden.*

Es muss ja schließlich eine Bedeutung haben, warum Sonja Orlowski plötzlich nicht mehr im Rollstuhl sitzt. Oder siehst du das anders?"

„*Nein, Chef*", antwortete Charlotte, „*das sehe ich ganz genau so.*"

„*Eben darum wirst du diese Person durchleuchten. Was hat sie vor ihrer Ehe gemacht. Sind die beiden überhaupt verheiratet usw.*"

„*Ich mache mich gleich an die Arbeit, Chef*", sagte Charlotte, worauf Gerald erwiderte:

„*Braves Mädchen.*"

*****

Major Böhler hatte die Staatsanwältin um einen Durchsuchungsbeschluss für die „Anastasia" gebeten, und dort im Speziellen für die Kabinen von Michail und Sonja Orlowski und des Kapitäns."

„Das ist nicht so einfach, Major", sagte Dr. Iris Wertheimer, *„das Schiff ist exterritorial, solange es nicht in einem Hafen liegt. Und wir wissen ja, dass der nächste planmäßige Halt in Passau ist.*

Du kannst also nicht auf das Schiff, solange es in Fahrt ist. Und da ist ja dann auch noch die Sache mit dem Diplomatenstatus. Das riecht mächtig nach Ärger."

Der Major dachte kurz nach und sagte dann:

„Dann müssen wir es zwingen, schon vorher irgendwo anzulegen."

„Und wie soll das gehen?", fragte die Staatsanwältin.

„Das weiß ich auch noch nicht", sagte der Major, *„aber mir wird schon etwas einfallen."*

„Dann wünsche ich dir viel Vergnügen, mein Lieber", sagte die Staatsanwältin.

„Und was ist jetzt mit meinem Beschluss?", fragte der Major.

„Du kriegst ihn unter Vorbehalt", antwortete Iris, *„und ohne Rückendeckung."*

„Von vorne bist du mir eh viel lieber", sagte der Major mit einem Augenzwinkern und verließ das Büro der Frau Staatsanwalt.

*****

„Chef, dieses Mal habe ich eine Überraschung, die dich umhauen wird. Eigentlich sind es sogar zwei. Nein, was sage ich; es sind sogar drei!"

Charlotte Lechner, Oberleutnant der Polizei, strahlte über das ganze Gesicht. Endlich konnte sie einmal zeigen, was in ihr steckte.

Der Major war nicht gerade der Typ Vorgesetzter, der Rosen verteilte. Sicher, er war im Dienst immer freundlich und höflich, und privat gab es so keinen Kontakt.

„Dann lass hören, was du hast, Charly", erwiderte der Major.

Charlotte holte tief Luft und dann breitete sie ein Füllhorn guter Nachrichten vor ihrem Chef aus.

„Sonja Orlowski heißt gar nicht Sonja Orlowski. Also Sonja heißt sie schon; aber ohne Orlowski."

„Komm auf den Punkt, Charly", erwiderte der Major und Charlotte fuhr fort:

„Sonja ist auch nicht die Ehefrau von Michail Orlowski und sie hieß früher Sonja Iwanov."

„Aha", entgegnete der Major und hoffte auf weitere Einzelheiten.

„Sonja Iwanov?", sagte Charlotte fragend und sah ihren Chef erwartungsvoll dabei an.

Der Major verstand nicht, was Charlotte ihm damit bedeuten wollte und erwiderte:

„Ich habe den Namen verstanden, Charly, und wüsste gern, wie es nun weitergeht."

„Sonja Iwanov?", wiederholte Charlotte, und bevor der Major seiner Ungeduld freien Lauf lassen konnte, ergänzte sie:

„Sonja Ivanov ist eine Aikidōka[19] und Trägerin des 7. Dan. Und außerdem ist sie mehrfache Weltmeisterin und Olympiasiegerin."

Der Major sah Charlotte entgeistert an.

„Wieso hast du das nicht schon früher gesagt?"

In dieser Frage vereinten sich Vorwurf und Enttäuschung gleichermaßen.

---

[19] *japanische Bezeichnung für einen Aikidō-Praktizierenden*

„*Wie hätte ich das sagen können*", antwortete Charlotte trotzig, „*erstens wusste ich nur den Namen Orlowski und zweitens kenne ich nur Bilder aus ihrer aktiven Zeit. Da war sie wesentlich jünger. Und wahrhaftig gesehen habe ich sie ja auch nicht.*"

Die letzten Worte wurden beinahe durch Charlottes Tränen erstickt, die ihr gerade über die Wangen liefen.

Gerald erkannte, dass er völlig daneben gegriffen hatte. Charlotte hatte mit allem recht, was sie sagte.

„*Es tut mir wirklich leid, Charlotte, dass ich so blöd reagiert habe. Bitte, entschuldige. Ich mach es auch wieder gut. Wir gehen zusammen fein essen, wenn alles vorbei ist, und du darfst aussuchen, wohin wir gehen.*"

„*Ist das wirklich wahr, Chef?*"

Charlotte hatte ihrem Chef bereits verziehen, als er sie „Charlotte" nannte und nicht wie üblich „Charly".

Sie mochte „Charly" nicht, hatte sich aber nie getraut, ihm das zu sagen.

„*Es klingt so schön, wenn du „Charlotte" sagst, Chef.*"

„*Ja dann; dann werde ich das wohl beibehalten*", erwiderte Gerald, „*aber jetzt berichte weiter.*"

„*Ich habe auch eine Anfrage an Interpol ge-schickt*", machte Charlotte weiter, „*und jetzt halte dich fest.*

Unser sauberer Michail Orlowski ist kein Diplo-mat, der ist höchstens ein diplomiertes Schlitzohr. Der russische Staat verdächtigt ihn, wertvolle Kunstge-genstände gestohlen zu haben, um sie außer Landes zu bringen."

„*Das wird ja immer besser*", sagte Gerald, „*ich bin sehr stolz auf dich, Charlotte. Das ist Polizeiarbeit vom Feinsten.*"

Charlotte fühlte sich wunderbar. Ihre Wangen glühten.

„*Das freut mich, Chef*", sagte sie und ihr Blick saugte sich an Gerald fest.

„*Schluss mit dem <Chef>*", erwiderte Gerald, „*wenn ich dich schon nicht mehr <Charly> nennen darf, dann nenne du mich auch nicht mehr <Chef>. Einverstanden?*"

„*Einverstanden, Gerald.*"

Neurotransmitter, besser bekannt als „Glückshor-mone" schwebten durch den Raum. Des Rätsels Lö-sung auf dem Silbertablett, was für ein Erlebnis.

„*Ach ja, es gibt noch eine vierte Überraschung*", sagte Charlotte, „*da kommst du nie drauf.*"

„Rate einmal, wer der echte Ehemann von Sonja ist."

„Sag schon, Charlotte", erwiderte Gerald.

„Es ist Oleg Kusnezow, 1. Offizier und Ersatzmann von Maxim Popow."

„Dann haben wir das Kleeblatt zusammen: Michail Orlowski, die falsche Sonja Orlowski, der neue 1. Offizier und Kapitän Wassili Grigorjewitsch Karamasow. Ich bin mir sicher, dass der auch mit drin hängt."

„Das glaube ich auch", bestätigte Charlotte.

Major Böhler griff zum Telefon und wählte die Nummer der Gerichtsmedizin.

„Hallo Wanda! Ich habe eine Frage: Kann der gezielte Handkantenschlag eines Profi-Kampfsportlers die Todesursache von Maxim Popow gewesen sein?"

„Durchaus", antwortete die Gerichtsmedizinerin, *„das würde wunderbar passen."*

„Vielen Dank, Wanda, dann haben wir den Täter."

„Und wer ist es?", fragte die Medizinerin.

„Eine wunderschöne Frau. Sie heißt Sonja."

*****

Es war nach Mitternacht, als sich Tamara mit Poldi und Franz auf dem Oberdeck traf.

„Geht es nun endlich los?", wollte Poldi wissen.

„Nein", antwortete Tamara, *„es gibt eine Planänderung."*

„Was heißt das?", fragte Poldi leicht aggressiv.

„Der Mörder ist noch auf dem Schiff."

Poldi zuckte zusammen.

„Wäre ich doch nur an Land geblieben", stieß er hervor, *„du bist schuld, dass unser Leben jetzt in Gefahr ist."*

„Rede doch nicht so einen Blödsinn", kam Franz Tamara zu Hilfe. *„Wie hätte Tamara das wissen sollen."*

„Und wieso weiß sie es jetzt?"

„Weil ich mit Major Böhler telefonisch in Verbindung stehe", beantwortete Tamara Poldis Frage.

„Und was sollen wir jetzt machen?"

Poldi steigerte sich immer mehr hinein. Die Angst schnürte ihn immer mehr ein.

„Major Böhler und seine Leute werden an Bord kommen und den oder die Täter verhaften", sagte Tamara, „aber dazu braucht er unsere Hilfe."

„Mich kannst du dabei vergessen", sagte Poldi, „ich sperre mich in meine Kabine ein, bis der Spuk vorüber ist."

„Wie du willst", erwiderte Tamara, „dann wird die Belohnung zwischen Franz und mir geteilt."

„Was für eine Belohnung?"

Poldi war hellhörig geworden, als er von der – gerade von Tamara erfundenen – Belohnung hörte.

„Ich glaube, es geht um Kunstraub. Und die russische Regierung hat eine hohe Belohnung für die Wiederbeschaffung ausgesetzt."

„Das könnte euch so passen", sagte Poldi, „wir sind immer noch ein Team."

„Ich dachte, du wolltest aussteigen", sagte Franz, worauf Poldi antwortete:

„Das habe ich nur so dahingesagt."

Franz sah zu Tamara und lächelte.

„Und was sollen wir dabei tun?", fragte er sie dann.

„*Wir müssen dafür sorgen, dass die „Anastasia"
vor Anker geht."*

„*Und wie soll das gehen?"*, fragte Poldi, „*etwa mit
Waffengewalt?"*

„*Nein. Sondern mit Köpfchen, Herr Leopold."*

Tamara musste sich sehr zurückhalten, um nicht
auf das destruktive Geschwätz von Leopold so zu
reagieren, wie sie es eigentlich gern tun würde.

Sie wandte sich an Franz mit den Worten:

„*Der Major hat einen Plan, den ich dir mitteilen
soll. Du musst den Kapitän davon überzeugen, dass
mit den Maschinen etwas nicht in Ordnung ist.*

*Das kannst du aber nur reparieren, wenn die Ma-
schinen abgeschaltet sind. Und das bedingt, dass die
„Anastasia" irgendwo an Land anlegen muss, sodass
der Zugriff erfolgen kann."*

„*Und warum können sich die Polizisten nicht aus
einem Hubschrauber abseilen und das Schiff stür-
men?"*

Poldi konnte es einfach nicht lassen.

„Halt jetzt endlich einmal die Goschn,[20] Poldi. Du hast zu viele Action-Filme gesehen. Das hier ist die Wirklichkeit und kein Film."

Franz hatte sich Luft gemacht. Das ewige Geraunze ging ihm schon lang auf die Nerven.

„Glaubst du, du kannst Juri überzeugen, dass er mitmacht?", fragte Tamara.

„Ich denke schon", antwortete Franz, „und wann soll das stattfinden?"

„Der Major meint, am besten kurz vor Linz. Dort könnte die „Anastasia" festmachen. Und wenn möglich am späten Abend."

„Aber auf die Geschwindigkeiten habe ich keinen Einfluss", erwiderte Franz, „das obliegt dem Kapitän."

„Und wenn du ihm sagst, dass er aus Sicherheitsgründen lieber etwas langsamer fahren soll, sodass das Schiff erst gegen am Abend Linz erreicht?"

„Das könnte klappen", erwiderte Franz, „aber wirklich wohl ist mir nicht bei der Sache."

*****

---

[20] derb mundartlich für: Mund

Das vierblättrige Kleeblatt hatte sich in der Kabine von Michail Orlowski versammelt.

„Wie lange wird es noch dauern, bis wir in Passau sind?"

Kapitän Wassili Grigorjewitsch Karamasow blickte den Oligarchen sorgenvoll an.

„An und für sich wären wir im Laufe des morgigen Vormittags in Passau; aber wir haben ein kleines technisches Problem."

„Was heißt das?", fragte Sonja, die aus dem Rollstuhl aufgestanden war und sich jetzt demonstrativ vor dem Kapitän aufbaute.

„Keine Spielchen, Tovarishch Kapitan!"

„Das sind keine Spielchen, Sonja", erwiderte der Kapitän.

„Und was ist das für ein Problem?", fragte Michail.

„Irgendetwas Technisches an den Maschinen," antwortete der Kapitän.

„Und kann man das reparieren?"

Oleg Kusnezow, der 1. Offizier mischte sich jetzt ein. Er begleitete den Kapitän seit seiner Ankunft auf der „Anastasia" auf Schritt und Tritt.

„*Ja, das geht*", antwortete der Kapitän, „*aber dazu müssen wir Anker werfen und die Maschinen abschalten.*"

Stille trat ein und auf der Stirn des Kapitäns bildeten sich erste Schweißtropfen. Als ihm der Chefmaschinist die Sache mit der Störung im Maschinenraum berichtete, war er sofort misstrauisch geworden.

Er hatte sein Misstrauen Franz Leitmoser gegenüber nicht ausgesprochen, denn seit dem Mord an Maxim Popow hatte ein Umdenken bei ihm stattgefunden.

Maxim war nicht nur der 1. Offizier an Bord, mit dem er schon viele gemeinsame Fahrten unternommen hatte, Maxim war auch sein Freund.

Wassili hatte ihn eindringlich davor gewarnt, sich wegen des Geldes mit Michail anzulegen; aber er hatte nicht auf ihn gehört.

Als Maxim dann ermordet wurde, wandte sich Wassili gegen den Oligarchen, ohne dass er es ausgesprochen hatte.

„*Und wann und wo könnte der Schaden behoben werden?*"

Der Kapitän war erleichtert, als er diese Frage aus dem Mund von Sonja hörte.

„Wir befinden uns bald auf der Höhe von Linz. Dort könnten wir anlegen und den Schaden beheben."

„Dann machen wir das so, Tovarishch Kapitan", erwiderte Michail, *„und machen Sie den Leuten Feuer unterm Hintern. Und jetzt gehen Sie! Wir haben noch etwas zu besprechen."*

Der Kapitän war froh, den Raum verlassen zu dürfen. Er ging hinunter in den Maschinenraum und suchte Franz Leitmoser auf, in Verbindung mit Juri, dem Chefmaschinisten der „Anastasia".

„Hören Sie, Franz. Ich weiß zwar nicht, was Sie beide da abziehen, und ich will es auch gar nicht wissen. Wir werden in Linz ankern und dann wird Juri den Eindruck erwecken, als müsste er etwas reparieren.

Mir ist nur wichtig, dass Sie der Polizei sagen, dass ich kooperiert habe.

Habe ich Ihr Wort darauf, Franz?"

Franz sah den Kapitän erstaunt an. Er wusste nicht so recht, wie er mit der Situation umgehen sollte. Er streckte dem Kapitän die Hand entgegen und sagte:

„Sie haben mein Wort darauf, Kapitän."

*****

Tamara, alias Hertha Baumgartner hatte Major Böhler darüber informiert, dass die „Anastasia" in Linz vor Anker liegen würde.

Es war noch dunkel, als in den frühen Morgenstunden Männer der Spezialeinheit COBRA das Schiff stürmten.

Während Michail Orlowski sich mühelos festnehmen ließ, leistete der 1. Offizier Widerstand und musste überwältigt werden.

Am schwierigsten gestaltete sich die Festnahme von Sonja, der eigentlichen Ehefrau von Oleg Kusnezow.

Obwohl schon sehr viele Jahre vergangen waren seit ihrer glanzvollen aktiven Sportler Karriere, beherrschte sie ihre japanische Kampfkunst Aikido noch wie eh und je.

Sie hatte schon mehrere Cobra-Leute bezwungen, bevor ein gezielter Schuss in ihr Bein sie zum Stoppen bringen konnte.

Es lag eine gewisse Ironie in diesem Geschehen, denn es führte dazu, dass sie eine Zeit lang tatsächlich auf einen Rollstuhl angewiesen sein würde.

Kapitän Wassili Grigorjewitsch Karamasow war sichtlich erleichtert, als man ihm Handfesseln anlegte.

Hertha Baumgartner hatte ja vorab schon Major Böhler davon in Kenntnis gesetzt, dass der Kapitän uneingeschränkt kooperieren wolle, was dieser dann auch tat.

Er hatte bei jeder Zusammenkunft mit dem Oligarchen die Gespräche heimlich aufgezeichnet, was der ganzen Angelegenheit sehr dienlich war.

Die geraubten Kunstgegenstände wurden wieder an den russischen Staat zurückgegeben, und was ursprünglich als Mittel zum Zweck verwendet worden war, wurde Wirklichkeit: Für die Wiederbeschaffung gab es eine üppige Belohnung.

Der russische Staat bedankte sich zudem auch bei der Niederösterreichischen Landesregierung für die unproblematische Zusammenarbeit, was wiederum dazu führte, dass Hertha Baumgartner das „Goldene Ehrenzeichen für Verdienste um das Bundesland Niederösterreich" verliehen bekam.

Obwohl die Belohnung in erster Linie nur für Hertha gedacht war, teilte sie diese jedoch zu gleichen Teilen durch drei.

Leopold Pospischill, vulgo Eduard Müller empfand wohl die größte Freude, obwohl sein Beitrag am Gelingen eher der kleinste war. Die ansehnliche Summe eröffnete ihm eine völlig neue Perspektive.

Total überwältigt von Herthas Großzügigkeit, drängte es ihn, seine Dankbarkeit auszudrücken.

Er umarmte die völlig überraschte Frau, gab ihr einen dicken Kuss und sagte:

„Ich möchte euch einladen, ein letztes Mal mit mir ins Café Berger zu gehen. Ihr seid natürlich meine Gäste."

Hertha befreite sich aus der ungestümen Umarmung und erwiderte:

„Übertreibst du nicht ein bisschen, Poldi?"

„Es ist mir ein Bedürfnis", sagte Poldi mit tränenerstickter Stimme, *„ihr seid doch schließlich meine Freunde."*

*****

Christian hatte die drei schon erwartet.

„Das ist ja eine tolle Geschichte, die ihr da erlebt habt."

„Das kannst du wohl sagen, mein Lieber", erwiderte Poldi in Bonvivant-Manier, *„und gefährlich war es außerdem."*

„Und Sie haben sogar einen Orden bekommen", wandte sich Christian an Hertha, *„Glückwunsch!"*

„Vielen Dank!", erwiderte Hertha.

„*Aber eines verstehe ich nicht so richtig*", fuhr Christian fort. „*Ihre beiden Gefährten haben Sie doch jedes Mal, wenn Sie mit Ihnen hier waren, <Tamara> genannt und nicht <Hertha>.*"

„*Tamara war mein Deckname als Under-coveragentin*", antwortete Hertha, „*aber heute bin ich privat hier.*"

Christian nickte zum Zeichen des Verständnisses, obwohl sein Gesichtsausdruck gerade das Gegenteil ausdrückte.

„*Bring uns eine Flasche Champagner*", sagte Poldi, „*den teuersten, den du hast.*"

„*Wir haben leider keinen Champagner*", antwortete Christian, worauf Poldi sagte:

„*Dann bring uns halt Sekt. Und Kaviar. Ja, bring uns Kaviar.*"

Als Christian nicht gleich darauf reagierte, sagte Poldi:

„*Oder hast du gar keinen Kaviar?*"

Der vorwurfsvolle Ton in Poldis Stimme, veranlasste Christian spontan zu antworten:

„*Natürlich haben wir Kaviar; was denkst du denn.*"

„*Dann ist es ja gut*", sagte Poldi und sah in die Gesichter von Hertha und Franz, als wolle er sein weltmännisches Gehabe von diesen bestätigt sehen.

Christian eilte in die Küche und wies eine Mitarbeiterin an, sie möge in den in unmittelbarer Nähe befindlichen Supermarkt gehen, und mehrere Gläser Kaviar besorgen.

Was danach passierte, war ein Novum im Café Berger.

Die drei Helden feierten einen Mulatschak,[21] im besten Sinne, nur dass der Teil der Zertrümmerung ausgelassen wurde.

Es war das letzte Mal, dass zwei Männer und eine Frau, die das Schicksal zusammengeführt hatte, um ein Abenteuer zu erleben, in ausgelassener Freude zusammensaßen.

Danach ging jeder seines Weges. Poldi machte eine große Reise auf einem richtigen Kreuzfahrtschiff. Franz kehrte auf den Bauernhof seiner Eltern zurück und übernahm ihn nach einer gründlichen Renovierung, und Hertha fuhr als Tamara weiter auf der „Anastasia".

*****

---

[21] ostösterreichisch, umgangssprachl. für: *Trinkgelage, ausgelassene Feier, bei der am Ende Geschirr und Einrichtungsgegenstände zertrümmert werden.*